草山之鷹
陳偉民◎文
手路 Chiu Road◎圖

【推薦序】邱智宏（前新北市東海高中校長，現任臺師大化學系兼任副教授）

一部啟迪五識人生的實作祕笈

每個學校都有自己的的校訓，藉以彰顯學校的願景，期許能培養出具有特色的學生。記得念臺師大時的校訓是「誠、正、勤、樸」，期勉老師時時以誠正不阿修身，教書時勤奮不懈，生活中力求簡單樸實，這是身為老師應有的要求及特質。在眾多校訓中，獨對東吳大學前校長劉兆玄博士所說過的「五識」校訓，印象深刻。何謂五識？即希望能培養出具有知識、常識、見識、膽識及賞識等五項特質的學生。近日師大學弟偉民兄甫完成大作：《草山之鷹》，囑我為文推薦，經過幾遍細讀，發現該作品不就是一部實踐五識人生的典範祕笈嗎？

首先知識常從書中求，讀書是汲取古今中外思想菁華及智慧結晶的不二法門。不讀書除了古人所說面目可憎外，對於日常周遭不斷發生的事物，也常會流於一知半解。知識愈多愈能了解事物間的來龍去脈，本書介紹許多跨領域的知識，以歷史、地理為骨幹，以物理、化學、生物、地科為肌理。例如北臺灣古今地名的連結及趣談、何以草山（即陽明山）遍野白芒花、溫泉的熱源何處來、閃電為何呈樹枝狀、銀針不是驗毒神器、使用火繩槍射擊時必須閉上眼睛……等，無不趣味盎然與生活息息相關，能大幅補足分科教科書的不足。

知識經過轉化、整理，若得到大家的共識，就成為常識。例如避免雷擊，須避免處於孤立的高處、泡溫泉不宜在密閉空間、業精於勤荒於嬉，兵旅之事亦然、凡事豫則立……照理說常識是普通人所應具備且能了解的知識，即「能看到別人所能看見的事理」，但是一般人經常會做出違背常識的事情，例如書中所述，憑鳥叫聲或巫者言，即為行事準則，是多麼荒誕，偏偏有人樂此不疲：濫墾必然歉收、無限度的獵殺，將是生態浩劫，這種事古今中外仍不斷發生。當個讀書人不但要有知識，更要有常識，不能成為知識的巨人，卻是常識的侏儒。

將知識、常識融會貫通後，能提出自己的看法，即能「看到別人所看不見的一面」，便為見識。書中相隔數代的二位主角洪啟雲和洪東緯，具有相同的特質，在精采故事的過程中，不斷的在不疑處有疑，在有疑處中求證，例如被毒死者的骨骼不一定泛黑；被雷擊者未必是在曠野的最高處；奈米級的鐵粉在空氣中易燃，物質的性質因顆粒大小而迥異；依據

「有唐山公，無唐山嬤」，臺灣人或多或少有原民的血統……能提出見解，對於崇尚考試第一的國人特別重要，因為凡考試就有標準答案，思考的方式常被制約成：有問題一定有標準答案。事實上複雜的問題，經常有很多不同的解決方式，只能因時因地制宜，提出最有見識的做法，方能事半功倍。

不管是知識、常識或見識均屬於坐而言的部分，屬於腦袋內的想法。能不能將見識付諸行動，努力不懈，就需要恢宏的氣勢和膽量，那是起而行的部分，屬於身體外的實際行動。再高明的見識，若沒有獨排眾議的膽識，也只是空想。清代的洪啟雲每每能在眾人面前提出周全的計畫，身體力行一次次完成交付的任務；有獨自到人生地不熟處，徒步勘察地形的膽識；有調製火藥、利用望遠鏡觀敵的好奇心，這些都在試鍊著自己的成長及勇氣。有膽識才能改變現狀，躊躇不前唯有畫地自限，終成坎井之蛙。

最終談到的賞識，除了賞識別人，也能賞識自己。書中許多橋段，看到別人有傑出的表現，不吝於鼓掌稱慶，自己有所突破，若得不到別人的讚許，也要能自得其樂。當然除了人際間的ＥＱ要高，更要欣賞我們的大自然。文中常常誘發體會振衣千仞崗、濯足萬里流的豪情，處處感受吹面不寒楊柳風，沾衣欲溼杏花雨的細膩。賞識別人愈多，歡樂愈多，賞識自己愈多，悲傷愈少。

「五識」的精神，從「知識、常識、見識、膽識到賞識」，其實就是由內而外，由思考到行動，由獨善其身到兼善天下，循序漸進的里程碑，這些論點在書中不斷演示及重現。《草山之鷹》是一部知識含金量很高的文史、科學文本，偉民兄運筆如行雲流水，故事則曲折懸疑，每次閱讀總有新趣，讓人廢寢忘食。更值得一提的是：它是一部探究與實作的最佳示範之作，除了學生以外，更值得推薦給老師和家長，也是一本以古證今的旅遊指南，很適合全家尋幽訪勝，一起探索大自然的奧祕。

【作者序】陳偉民

「硫」金歲月

寫這本書的動機起於教室裡的問答。

我問學生說：「北投有什麼重要的特產？」

我期待的答案是：硫。因為我那一堂課要介紹非金屬元素。這或許不是個好問題，但是學生的回答還是大大出乎我的意料之外，他們毫不猶豫的回答：「寶可夢。」

寶可夢是外國遊戲公司的商品，要把寶可夢安排在什麼地方，全憑廠商高興，和北投一點關係也沒有。

我們的孩子對國外商品的了解，甚於本地的風土民情。於是我想寫一本與北投的硫有關的書。

硫可用於製造火藥，既然北投產硫，想當然耳，臺灣必然能自製火藥。清廷在中法戰爭中，算是守住了基隆與淡水，會不會和北投產硫有關呢？但是在閱讀了相關資料後，卻發現清廷根本不准臺灣人民採硫，還放火燒山，中法戰爭中清軍使用的火藥是用大陸的硫製造的。原來，我一點都不了解臺灣的歷史。我和我的學生之間，只有五十步和百步之間的差距。

我再往前閱讀臺灣史，這個故事就慢慢成形了。

清廷把北投的硫交給毛少翁社管理，於是我創造了一名毛少翁社的青年洪啟雲作為故事主角。

清廷怕臺灣的老百姓有了硫，就會製造火藥造反，所以嚴禁採硫。清廷幾乎什麼都禁，禁採硫，禁挖煤，禁冶金，禁煉樟。因為無力管理，所以怕；因為怕，所以禁。反而洋人對臺灣的硫、煤、金和樟腦，垂涎欲滴。西班牙人、荷蘭人和日本人都曾因覬覦本地的物產而占領臺灣一段時間。清廷政府卻一味禁止開採，一直到中法戰爭之後，劉銘傳才開始想要開採臺灣的各項資源。

我們對天然資源，究竟該不該開採？這是個爭議性的話題。但是，全面禁止，無疑是不可思議的做法。因為資源有時間性，錯過開發的時機，資源將不再是資源。許多在清代曇花一現的產業，而今都已沒落到無人聞問、無人知曉的地步。硫就是個很好的例子，現在北投的硫氣孔旁照樣有黃澄澄的硫粉，但是再也沒有人開採。人類並不是因為石頭用完，才結束石器時代的，而是因為找到了更好的材料，而不願意再使用石頭。資源應該適度開採，才能改善人類的生活，但是不能過度開採而斷了永續發展的機會。

嘉慶年間，毛少翁社通事接到一紙公文，要求保護來臺視察的福建巡撫王紹蘭。嘉慶君其實沒有遊臺灣，但是王紹蘭有，而且到處校閱軍隊，懲處了不少官員。這個人在閩劇裡有很高評價，只是大多流於神鬼託夢，這種情節我極不喜歡，所以書中也表達了我對公案小說的看法。

本書的偶數章主角是洪啟雲，奇數章的主角是現代青年洪東緯，他就讀的學校，是以我任教的最後一所學校為藍本。我何其有幸，在中學裡擔任教師達四十年，在這麼多孩子人生最燦爛的年代與他們相遇。謹以此書告別我的學校教職生涯！

目錄

第一章 干豆門

校車停在廟前的大停車場，學生們陸續下車。

洪東緯下了車，就看到整條街的商店，有賣鐵蛋的，有賣阿給的，有賣紅麴酒釀的。馬路上的車一輛接著一輛，排隊等著進入停車場。東緯看得傻眼，當初老師說要參訪北臺灣最古老的媽祖廟時，他腦海裡浮現的是一座深山中的古寺，但是眼前的景象簡直比鬧區還熱鬧。這究竟是怎麼一回事？老師帶他們到這麼俗氣的廟來，究竟要看什麼？

東緯是高二的學生，家住萬華，而學校在土城，今天是歷史科的謝老師帶他們進行校外古蹟探訪。

東緯從小喜歡聽故事，所以他對歷史課也滿有興趣的。

在出發之前一週，謝老師就簡單介紹過關渡宮。她說這座廟已經有數百年歷史，不但是北臺灣最古老的媽祖廟，也是全臺灣第二古老的媽祖廟，建廟時間只比北港天后宮晚了十二年。不過東緯看到廟門前這一番車水馬龍的景象，實在很難和名山古剎聯想在一起。

校車由土城開到這裡，已經有一段時間了，有些同學想上廁所，有些同學口渴，想到附近商店購買飲料，老師乾脆宣布二十分鐘後，在廟的門口集合。

東緯漫步走到商店，發現並沒有什麼值得買的東西，倒是廟前有一條小河，岸邊還停靠著幾艘小船，這真是少見。

東緯走回廟門，看到很多遊客由停車場越過馬路後，直接經由隧道走進廟裡。

他們班的同學則在廟門前集合，有人指著大多數遊客所走的路線問老師：「為什麼有那麼多人走那裡？」

蘇南昱搶著回答：「我知道，我爸曾經帶我來這裡拜拜。那個隧道叫財神洞，走道兩旁供奉了各式各樣的財神爺。」

其他同學跟著起鬨。「老師，我們也去拜財神爺，看看能不能發財。」

「嘿！我們今天是來探訪古蹟，不是求發財的。」老師完全不理會同學們的無理取鬧，直接由大門走進廟裡。

同學們也只好尾隨老師走進去。一走進廟門，就被廟前大埕嚇一跳。

「哇！好大的廣場。」

廣場上還有一座戲臺，戲臺上正好有一個歌仔戲班在演戲。

老師笑著說：「這座廟有多大，你們還沒真正見識到呢！」

老師帶著全班同學一邊走一邊介紹，不過包括東緯在內，大部分同學只是跟在老師後面看熱鬧，並沒有認真聽老師所講的內容。不過這座廟的面積大到令人印象深刻，除了老師刻意跳過的財神洞和古佛洞之外，還有聖母殿、觀音殿、廣源寺、鼓樓和鐘樓等建築。由於元宵節剛過沒多久，燈會區還沒有拆除，所以他們也參觀了花燈。最後老師帶他們到後山公園休息。那裡竟然還有可愛動物區，許多同學圍著兔子和孔雀的籠子看。

東緯由後山公園向前眺望，眼前有一條寬大的河流。他不禁好奇的問老師：「老師，算起來，關渡只是臺北市的郊區，怎麼會有這麼大的廟呢？」

老師說：「這座廟一開始也不是這麼大。最早建廟的地點在山頂，而且是茅草屋。」

老師說的茅草屋和眼前的巍峨建築落差太大，開始引起一些同學的興趣，同學們漸漸圍攏過來。

「既然有心要建廟，為什麼用茅草？」

老師說：「那是典型的平埔族建材呀！」

「什麼？你說這座廟是原住民蓋的？原住民有拜媽祖嗎？」

老師發現引起同學們的興趣了，非常高興。「應該說是漢番合建，根據記載，建廟時間是康熙五十一年，『通事賴科鳩眾建』，清代政府在番社設立通事，等於是官方代表。由通事召集大家蓋廟，當然是漢人番人一起合作，所以這也是這間廟的特徵之一，這是全臺灣唯一由漢番合建的媽祖廟。當時北投這一帶的原住民屬於凱達格蘭族，媽祖信仰是由漢人帶進來的。」

老師的回答，引來更多問題，大家七嘴八舌的發問。

「老師，不可以說人家是番，這樣不禮貌喔！」

「一下說是平埔族，一下又說凱達格蘭族，到底是哪一族？」

「總統府前那條凱達格蘭大道，就是為了紀念這個凱達格蘭族而命名的嗎？」

「當時漢人和番人為什麼要合作建廟？」

老師笑著說：「我絕對無意侮辱原住民，我本身就有原住民血統，其實，如果你的祖先早在明朝或清代就來到臺灣，無論你是閩南人或客家人，恐怕或多或少都有原住民血統。因為當時由福建或廣東來臺灣的移民，大多是單身漢，不容易找到漢人女子結婚，通常就和臺灣原住民通婚，所以臺灣有句俗話說『有唐山公，無唐山嬤』，就是描述這個現象。我平常都用原住民這個詞，但是如果引用古代歷史，還是尊重史書的用語，用番字來形容。至於平埔族，並不是一個族，而是族群。已經漢化的原住民，清代稱為熟番，又稱為平埔族……」

蘇南昱插嘴問：「那麼，還沒漢化的原住民就叫生番嗎？」

「對。當時北部地區的熟番有凱達格蘭族和噶瑪蘭族。凱達格蘭族分布在基隆、淡水、臺北和桃園；而噶瑪蘭族則分布在……」

「宜蘭！」全班同學都知道。

「很好！」接下來，老師指著西方那條大河說：「那就是淡水河。」

東緯好奇的指著廟前那條停了許多船的小河問：「那是什麼河？」

老師說：「那是中港河。一般人都把臺北市與新北市之間那條河叫淡水河，其實淡水河有三大支流：大漢溪、基隆河和新店溪。大漢溪和新店溪在板橋江翠合流後，才開始叫淡水河。淡水河流到關渡，又有基隆河滙入。接著一直流到淡水出海。所以這裡是淡水與海水交界之處，漁產豐富。」

東緯不禁想起有一次，他由華中橋下出發，沿著河邊騎腳踏車，騎到忠孝橋下時，看見有許多大魚躍出河面，他問在河邊釣魚的阿伯那是什麼魚，阿伯說是烏魚。東緯曾經在高雄梓官和澎湖海邊看到許多漁民在晒烏魚子，所以在他的認知裡，烏魚是海魚，怎麼會出現在河裡？東緯是個凡事追根究柢的孩子，他半信半疑的回家查了資料，才發現烏魚雖然生活在海裡，但是牠喜歡溯河游入淡水與海水交界處。這不禁讓他想起小時候唱過的一首臺灣童謠〈笨惰仙〉。歌詞中說：「一天過了又一天，身軀無洗全全鏽，走去溪仔邊洗三遍，毒死烏仔魚數萬千。」原來這歌詞早就指出烏魚喜歡游到淡水的溪裡。

至於烏魚為什麼會跳出水面？科學家也不了解，只說那是烏魚的習性，被人工飼養的烏魚也會不停的跳，甚至跳出水池而死亡。

老師繼續指著前方說：「對岸就是五股的獅子頭，而古人認為關渡山像象鼻，獅子和大象在淡水河兩旁對峙，像兩扇門，所以這裡古時候叫干豆門或甘答門。」

蘇南昱問：「干豆？演變到現代，就變成關渡，對嗎？我阿嬤都稱這座廟叫干豆宮。」

老師點點頭說：「沒錯。現在考考你們，臺灣北部在冬天時刮什麼風？」

「東北季風！」因為地球科學課教過，所以大家都會。

「嗯，不錯。因為有東北季風，淡水港在冬天時會變得既潮溼又寒冷……」

東緯想起來，冬天時經常會聽到氣象播報員說：「最低溫出現在淡水……」原來是這個緣故。

「但是關渡因為北方有山脈阻隔，較為乾燥溫暖，很多大船把這裡當成避風港，所以這裡就聚集了許多住戶。原住民也會划著稱為『艋舺』的獨木舟，運送番產來這裡交易，包括硫黃、藤和鹿皮等。」

「硫黃？是元素符號S的那個硫嗎？」蘇南昰總以為化學課本中所寫的元素，只會出現在化學實驗室，沒想到幾百年前的原住民就會開採。

東緯忍不住打了她一下。「當然，你忘了北投是火山地區嗎？我們去地熱谷玩，還可以看到石頭上有黃色的硫粉。」

「嗯！早在荷蘭人占領臺灣的年代，也就是一六二四到一六六二年，荷蘭人就特許某些漢人由臺南開船到淡水來購買硫黃，當時關渡就是重要的交易地點。」

東緯又問：「萬華以前稱為艋舺，這個名稱就是來自原住民划的獨木舟，對不對？」

「對！不但如此，到現在八里還有一座艋舺橋，名稱都是來自這種獨木舟。」

說明關渡為何成為漢番交界之地後，謝老師接下來描述了建廟當日的盛況。「根據記載，這座廟『落成之日，諸番並集。忽有巨魚數千隨潮而至，如拜禮然；須臾，乘潮復出於海，人皆稱異』。可見當時不但原住民前來慶賀落成典禮，連水裡的魚也來朝拜，拜完又游回海裡。」

東緯不禁想，那些魚可以來往於淡水與海水之間，可能是烏魚吧！而幾千尾烏魚跳出水面的景象，必定十分壯觀，當然會被認定是神蹟。

說到這裡，老師看看手錶。「剩下的時間讓你們自由活動。」

其他同學一哄而散，有人要去財神洞求發財運，有人要到商店街買紀念品。東緯覺得老師好像遺漏了一些內容沒講到。「老師，你剛才說到關渡宮，創建時只是茅草屋，那怎麼會演變成現在這麼大的一座廟呢？」

「康熙五十四年，他們把茅草改成瓦。康熙五十八年，又把廟遷到山麓，也就是現在財神洞的正上方。」

東緯沉思了一會兒，又問：「把茅草換成瓦，當然比較堅固。但是才建廟七年，為什麼要遷址呢？」

「這真是個好問題。在西元一六九四年，也就是康熙三十三年時，發生了一場大地震，造成地層下陷，形成一個大湖，稱為康熙臺北湖。」

「有這回事？那個湖現在在哪裡？」

「就在我們的左前方這裡，當時確實曾經有個大湖，面積涵蓋現在的基隆河下游、社子島和三重、蘆洲一帶。康熙三十六年，清廷派到臺灣採硫的官員郁永河曾描述『甘答門，水道甚隘。入門，水忽廣，為大湖，渺無涯矣』，意思是說，關渡這個隘口河道很窄，但進入隘口之後，是一個大湖，水面很寬，一望無際。」

東緯望向左前方，現在全是人口密集的區域，很難想像這裡曾經有一個一望無際的大湖。

「因此，我們可以推測，關渡宮建廟之時，康熙臺北湖還在，水位很高，因此廟建在山頂，隨後水位下降，廟就往下移了。」

東緯覺得太有趣了，一間廟就可以引出這麼多問題，他意猶未盡，還想再問，但是老師揮揮手說：「時間到了，司機阿伯等著載我們回校呢！有問題明天再問吧！」

回到家中，東緯發現阿公來了。阿公一個人住在附近，經常散步到他們家一起吃飯聊天。阿公說，他自己健康狀況還好，不想依賴子女，但是老人家難免有病痛，住得近一點，萬一有事，也比較能夠照應得到。

全家人聚在一起吃晚餐時，東緯迫不及待把今天在關渡宮所見所聞告訴全家人。「真想不到，原來以前在臺北市區就有原住民，而且他們還會挖硫賣給漢人，不但如此，你們知道嗎？臺北以前是個大湖呢！」

沒想到阿公神祕的笑一笑。「我當然都知道，因為這就是我們家族的

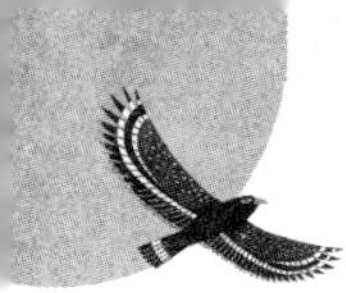

故事哪！」

「什麼？我們家族的故事？」

「沒錯，我們就是凱達格蘭族的後代。」

「真的嗎？」東緯看看自己白皙的皮膚，他從來不知道自己有原住民血統。

阿公說：「從前有些人會歧視原住民，所以我們對外都不說自己有原住民血統。而且，我們在幾百年前就漢化了，如果你不說，也沒有人看得出來。何況到今天，無論漢人或原住民，大家身上的血統早就混在一起了，沒有必要刻意區分。不過你既然提起了，我就為你說一段故事，那是我們家族中的一位英勇青年，他在你這個年紀時所發生的事蹟。」

聽故事？東緯最喜歡了，何況是自己家族中發生的故事。

第二章　草山迷霧

我們的祖先是凱達格蘭族中的支系巴賽族，屬於毛少翁社的原住民，我要說的這段故事，主角是一位英勇的青年，名叫洪啟雲。沒錯，那個時候，我們就姓洪。我說過，我們漢化已經幾百年，原來的姓氏早已失傳。

洪啟雲出生於一七九九年，也就是嘉慶四年。當時臺灣有番人、漢人、滿人和少數來臺灣經商或作科學研究的洋人，各個種族的人都有不同的語言和風俗習慣。在那種環境底下，人必須不斷學習新的事物，拋棄舊的觀念，才能生存。

我們就從他十七歲那年，也就是嘉慶二十一年五月的某一個早晨說起吧！

洪啟雲早上起床，嗯，其實沒有床，毛少翁社的人住的是椿上屋（如圖2-1），那種房屋無論是屋頂、牆壁或地板全都是木板做成的，但是地板離地數尺高。地板上鋪著草蓆，全家人都睡在草蓆上。

他睜開眼就看到掛在牆上的骷髏，那是祖先與敵人作戰時砍下的紀念品。他轉頭看看身邊，發現家裡只剩下他一個

圖 2-1

人。糟了！爸媽大概都去工作了。

他坐起身來，主屋很矮，他彎著腰走到門口，步下梯子。在茅草屋簷下，放著一座爐子，他伸手抓起一條甘藷，放進嘴裡啃，這就是他的早餐。

吃完後，他先到公廨看看今天通事有沒有任務要交代。整個公廨又寬又大，只有通事一個人住。想到這一點，他就生氣。傳統上，公廨本來應該是他們麻達集體住宿，以及長老們開會的地方，但是自從清國政府指派通事進入番社之後，通事就占據了公廨作為居住及辦公的地方。當然，有時通事也會召集長老們開會，但那不過是做做樣子，通常都是由通事發布命令，長老們只能依照命令執行罷了。

尤其毛少翁社的通事更是附近各番社的總通事，換句話說，他管轄的範圍除了北投，還包括金包裡（現今的金山）和雞籠（現今的基隆）。為什麼會這樣呢？明明毛少翁社的人口最少呀！據長老們說，那是因為毛少翁社的壯丁最強悍，所以上級交付的任務最多。

雖說，在洪啟雲出生之前很久，通事就已經進入番社，但是洪啟雲還是常聽長老們說起，從前是怎樣怎樣，邊說邊搖頭。

洪啟雲走到公廨前。公廨比一般的主屋大，三面用竹子圍起來，屋頂用茅草鋪成。裡面擺了一些祭祀用品。他走進公廨對通事寧靖恭敬的打個招呼。

寧靖手裡拿著毛筆，正在書寫一份公文，抬起頭看了他一眼，對他揮揮手。「今天沒事，去幫你爸爸吧！」

他走出公廨，先去向媽媽打個招呼。媽媽和一群婦女正在一起織布，他每次看媽媽織布，就覺得身為番人很驕傲，因為番人的婦女比漢人還會織布。洪啟雲小時候常坐著看媽媽把苧麻變成織布用的纖維，他覺得那簡直是巫術。

媽媽自己種苧麻，等苧麻長到和人一樣高之後，採收下來，摘去心形葉片，然後把苧麻的莖折斷，剝下外皮。接下來，她取來一條長竹管，竹管的縱向已經剖開一半，形成狹縫，她把莖的外皮夾入狹縫中，用力一拉，苧麻莖肉質的部分就被刮去，只留下纖維。這些纖維晒乾後，捻成線，紡成紗，有時在紡紗時會混入雞毛或狗毛。

媽媽會用木柴燒成的灰泡水，把紡好的紗放進去洗乾淨。接著再染成喜歡的顏色。染色的材料有茜草、薯榔或芭蕉葉。

其中茜草最神奇了，茜草的葉片是綠色的，但是根是赤紫色的。用根浸泡冷水，水就會變橙色，用這樣的水泡麻布，就會得到黃色的布；隨著浸泡次數變多，布會慢慢轉變為淡紅或紅色，如果加入青礬一起浸泡，會得到大紅色。

媽媽見到他，笑著問：「吃飽了沒？」

「吃飽了，家裡還有一條甘藷，我吃掉了。」

「嗯，很好。去幫你爸吧！這些芋片帶去當午餐。晚上再煮米飯給你們吃。」

「好！」家裡大小事都是媽媽說了算。

媽媽交給他一袋芋頭，已經切片烘乾，吃起來方便又好吃。裝芋頭的袋子是用苧麻繩編成的，裡面再襯上一層獸皮，這樣小東西就不會掉出來了。

洪啟雲開始朝草山跑去，爸爸種甘藷的地方在草山的山腳下。漢人喜歡用水田種稻米，番人喜歡用旱田種甘藷、芋頭和黍，這樣不必花太多時間照顧，多餘的時間可以捕魚和打獵。

沿途草木叢生，道路狹窄又崎嶇不平，很不容易通過，不過洪啟雲天天跑，早已習慣。

靠近草山的地區，到處冒著有毒的白煙，很多漢人只要靠近就會生病，根本不敢進入這一區。根據族人的傳說，那是女巫施法才會冒煙，所以就用巴賽語裡的女巫（讀音為pataw）為這個地區命名，而漢人就跟著叫北投。

說到女巫，洪啟雲就想起社裡的女祭司。他非常討厭這個老太婆，可是偏偏族人對她言聽計從。有一次在祭祀時，女祭司喝了很多酒，還把身上的衣服脫光光，嘴裡說：「穿著俗世的衣服是不能進入天堂的。」族人對這種行為並不會大驚小怪。據說古時候，凱達格蘭族的人在夏天，不論男女都是裸露上身的，族人是在漢化以後，才全年穿衣服。但是接下來，女祭司爬上公廨的屋頂，在屋頂上小便，還說：「我的尿有多少，明年的雨水就有多少。」於是很多族人就拿著酒給她喝。她一直喝，一直尿，最後尿液都由屋頂流到地上了，讓洪啟雲覺得很噁心。

洪啟雲繼續跑著，看到前面來了一位長老。他急忙停下腳步，閃到路邊，側身低頭，等長老通過。

眼前走過的這名男子才四十歲，剛升上長老不久，卻特別喜歡倚老賣老，動不動就罵年輕人不懂規矩。

洪啟雲其實一點都不尊敬他，常在心裡嘀咕：「如果事事照規矩的話，你們怎麼不把通事趕出去，把公廨收回來給我們麻達住？」當然這些話他可不敢說出口，否則將被視為大逆不道，會給爸爸媽媽帶來很大的麻煩。

長老很滿意眼前這位年輕人謙卑的態度，點點頭繼續往前走，等他通過後，洪啟雲立刻再度起步奔跑。

不久之後就看到爸爸的身影了，他正用力揮舞著鋤頭。洪啟雲看過漢人耕種時會用各式各樣的農具，但是番人只有鋤頭一項工具。他曾經建議爸爸，採用漢人的農具，耕種時會比較省力，收成也比較多。

爸爸淡淡的說：「我們種的甘藷和芋頭夠吃了，那麼麻煩做什麼？你想吃米飯的話，我們偶爾拿多餘的甘藷去和漢人換就好了。」

洪啟雲看著爸爸腳邊蔓延的甘藷藤，只占了一小塊面積，旁邊都是雜草。

「爸！你為什麼不多種一點甘藷？留下旁邊的空地多可惜。」

爸爸搖搖頭說：「不！我們族人自古以來就是這樣種植的。我們把土地分成三份，每年只使用其中一份土地種植，其餘兩份任由它荒廢，這樣土地才能獲得休息，養分才不會耗盡。」

這次他覺得爸爸說的有道理。

接下來爸爸又帶著他巡視種芋和黍的田地，也是一樣，只種了三分之一的面積，其餘都是雜草。

這時候已經到了正午時刻，洪啟雲就和爸爸一起坐在樹下，拿出麻袋裡的芋片出來吃。烘過的芋片又香又脆，真好吃！

爸爸一邊嚼著芋片，一邊說：「田裡巡視過了，下午我們去捕魚，這樣晚上就有魚可以吃了。」

毛少翁溪（現在的磺溪）的水有硫磺味，所以他們走了一段路到貴子坑溪去捕魚。

爸爸拿出一枝三叉鏢，問道：「上次教過你刺魚的方法，還記得嗎？」

「記得！」洪啟雲很有信心的說。

洪啟雲涉水走入溪中，雙腳張開約一步遠，略略蹲下身去，看到清澈的水中有一些小魚，他選定其中比較大的一尾，瞄準魚的下方，快速把三叉鏢刺過去，果然準確的刺中魚腹。他從三叉鏢上把魚取下，放入麻布袋中。

自從平埔族幫助清國平定林爽文事變之後，為了鼓勵這些平埔族士兵，清國就把許多土地分給這些士兵，稱為屯丁。許多屯丁分到的土地太大，加上不善於耕作，就會招來漢人幫忙耕作，所以洪啟雲也認識了好幾位漢人的青年。漢人雖然善於耕作，可是不善於叉魚。那些漢人小孩也曾借了三叉鏢來到溪裡刺魚，可是他們都是瞄準魚身刺過去，結果就刺到魚的上方，根本刺不到魚身，而魚也就嚇跑了。

爸爸在下游，用手網網住了一些小魚，看來今天的晚餐會很豐盛。看到袋中的魚夠今天全家人吃之後，爸爸就收拾捕魚的工具，準備回家了。吃不完的魚，很快就會臭掉，多捕魚是沒有意義的。

這時，溪旁一棵大樹突然飛起一隻大鳥，原來是大冠鷲。牠振翅飛上天空，然後展開雙翼，任氣流帶著牠遨翔。

洪啟雲看呆了，他真羨慕這種鳥，可以自由自在的在空中飛翔。一副王者之姿，連地上的蛇都成為牠的食物。牠沒有任何天敵，不必受到任何約束與限制。

爸爸看看天色。「嗯！明天如果通事沒有指派你任何公務的話，你就陪我去打獵吧！」

可是，當他們回到番社時，通事已經在他家門口等候。「明天有一件公文要送到竹塹城。你腳程快，由你來送。因路途遙遠，你明天早上日出時分，就到公廨找我取公文。」

第三章 瘴氣

東緯昨天聽阿公講故事，聽到很晚，要不是媽媽提醒他第二天要上課，他還想一直聽下去呢！故事之中，有些令他不明白的地方，想問阿公，可是時間真的太晚了，所以他只能帶著許多疑惑上床睡覺。結果整夜他都夢到自己在到處冒著白煙的火山區狂奔，到天亮起床後，仍然覺得疲憊不堪。

第二天早上，到了學校，他振作精神，上了四節課。吃完中飯後，他向導師報告：「午睡時間，我要到辦公室向歷史老師請教一些問題。」

導師點點頭同意了。

他穿過走廊時，發現老師們用餐的餐廳，只剩下兩位老師在聊天，是歷史科的謝老師和化學科的王老師。

謝老師發現東緯在窗外張望，就招手請他進來。「沒關係，進來坐，我們吃飽了，只是在聊天而已。你昨天的問題還沒有問完，今天要繼續問嗎？」

「嗯……其實不是，昨天我把參觀關渡宮的心得告訴家人之後，我阿公竟然說，我們家族是凱達格蘭族毛少翁社的後代……」

「毛少翁社？那你的祖先住在現在的社子島喔！」

「社子島？不對呀！阿公說是住在北投。」東緯沒想到老師也知道毛少翁社，不過她竟然搞錯他們居住的地方。

「也對！毛少翁本來住在社子島，但是大地震發生後，社子島被淹沒在康熙臺北湖底，所以毛少翁社只好遷居到北投。」

原來如此，他還以為老師搞錯地點。於是他將阿公說的故事大致描述了一下。

「嗯，你阿公說的故事把平埔族的生活描述得很生動，其中當然包含了古代原住民的一些陋習，但也提到了一些生活智慧。像椿上屋，架高於地面，馬偕醫師就認為這種住屋方式比漢人的泥地板更有益於健康。」

「不過阿公說的故事裡，有一些古時候的原住民用語，像什麼『麻達』啦，我就聽不懂。」

「麻達是指十三歲到二十歲的未婚男子，依照傳統，他們必須住到公廨，接受指派，擔任傳達命令之類的工作。」謝老師說。

這時在一旁的王老師插嘴了。「但是故事中有一點和我過去的認知不同，番婦比漢婦還會織布，怎麼可能？漢人一向有男耕女織的傳統，不是嗎？」

「因為清初來到臺灣的漢人大都是單身漢，很少攜帶女眷，所以女織的傳統並沒有帶到臺灣來。」謝老師解釋道。

東緯這才想起來，既然化學老師在旁邊，為什麼不順便問問化學問題呢？「王老師，苧麻為什麼可以織布呢？」

「植物的外皮通常富含纖維素，可以搓成纖維，所以各個民族都會以自己生活周遭中能找到的植物作為布料來源。古埃及人也用苧麻布包裹木乃伊。不過要紡紗織布，最好找長的纖維，所以臺灣原住民會等苧麻長到和人一樣高才採收。苧麻的纖維強韌，不過不易染色，反覆折疊之處，也容易斷裂。所以後來就被棉或其他合成纖維取代了。」

「茜草的根為什麼可以作染料呢？」

王老師說：「茜草染色不是臺灣原住民的專利喔！中國的《詩經》裡就說：『縞衣茹藘，聊以與娛』，其中的茹藘就是茜草，引申為用茜草染成紅色的服飾。」

謝老師見東緯轉移目標，改成向王老師提問，自己落得輕鬆，便去泡了一杯咖啡，端來給王老師，然後回辦公室休息。

王老師喝了一口咖啡後，繼續說：「不同品種的茜草所含各種色素比例不同，其中最重要的有三種：茜素、紫色寧和偽紫色寧。這三種色素的顏色差不多，茜素是紅色，紫色寧是紅或黃色，偽紫色寧是紅色。所以染愈多次，顏色愈深。」

「為什麼還要加青礬？那是什麼東西？」東緯愈來愈好奇。

「那是一種淡綠色的礦物，以現代的眼光來看，它的主要成分是含七份結晶水的硫酸鐵（Ⅱ），用化學式表示就是$FeSO_4 \cdot 7H_2O$。它可以作為媒染劑。」

「什麼叫媒染劑？」東緯沒聽過這個名詞。

「在你阿公說的故事中，洪啟雲的媽媽是怎麼處理茜草根的？」

「用水泡，水就會變黃。」東緯聽故事都很專心。

「嗯，茜素本身是紅色。用水泡茜草根時，如果茜素不溶於水，水應該是無色；如果溶很多，水應該是紅色。結果，水變成黃色。可見茜素微溶於水，也就是有點溶，又不會溶太多。已經溶於水的這些色素，雖然染在布上，但是它既然會溶在水中，豈不是一洗就褪色？所以要加入媒染劑，幫助色素與布料結合。西方人是在一八〇四年，有一位英國染料製造商，首次用明礬作為媒染劑，讓茜素染色可以更持久。明礬是含有鋁的化合物，青礬則含鐵，你看出作為媒染劑要有什麼條件了嗎？」

「要含有金屬？」東緯用猜的。

「答對了！媒染的原理是利用金屬離子與染料形成配位錯合物……」

王老師見東緯對化學很有興趣，曾經拿了兩本化學書要他自己先看，所以東緯的程度超過一般同學，但是王老師所提到的配位錯合物，東緯還是愈聽愈糊塗。「什麼叫配位錯合物？」

「就是一種錯綜複雜的化合物。」王老師發現自己講得太難了，急忙踩煞車。「總之，這些金屬離子可以幫助染料附著在布料上。」

「青礬除了可以當媒染劑外，無論中醫或西醫都把它當成藥物喔！你猜猜看，它有什麼藥效？」王老師想考考東緯。

東緯心想，青礬的主要成分是硫酸鐵（Ⅱ），人體什麼地方需要鐵呢？啊，他想起來了，貧血的人要補充鐵劑。「補血？」

「答對了！」王老師很喜歡肯動腦筋的學生。

東緯繼續問。「原住民用來作為染料的植物還有薯榔和芭蕉葉，也同樣含有茜素嗎？」

「當然不是，薯榔的根莖剛切開時呈現淡紅色，但在接觸空氣後，很快就變深紅色，用熱水煮沸半小時，就可以萃取出色素，主要是單寧酸，所以用薯榔染出來的布呈現茶色。」王老師啜飲了一口咖啡。「芭蕉葉可以用鹼性的熱水萃取色素，裡面主要色素是葉黃酮和洋芫荽黃素，兩種都是黃色的，所以染出來的布也是黃色的。這兩種色素最適合染羊毛。」

「在故事中，漢人進入北投常會生病，因此不敢進入這一區，有那麼嚴重嗎？」

王老師笑著說：「你現在到地熱谷或陽明山，仍然可以看到許多冒煙的孔，其實那些煙裡面，大部分是水蒸氣凝結成的小水滴，其他氣體我們肉眼看不見。不過這些氣體裡確實有一些會對人體健康造成影響。例如二氧化硫及硫化氫，都是酸性氣體，除了會腐蝕建築物之外，量太多時也會使人窒息。」

「二氧化硫？我吸過，真的很臭。」東緯想起國中時的實驗課，在收集完氧氣後，他們用燃燒匙裝了一點黃色硫粉，先在酒精燈加熱後，等硫出現小小的火焰，立刻移入氧氣瓶中，燃燒匙上立即出現高高的藍色火焰，非常漂亮，但是不久之後，他們就聞到刺鼻的臭味，許多同學都咳個不停，老師急忙把實驗室的抽風機打開。後來他們才知道，那就是二氧化硫的氣味。

「嗯！硫化氫就更可怕了。臭雞蛋的氣味就是硫化氫造成的，它的毒性幾乎等同於一氧化碳，它會和某些酶的鐵結合，造成細胞無法呼吸。即使暴露在低濃度的硫化氫中，也會使人眼睛刺痛、喉嚨痛、咳嗽、噁心，並且喘不過氣。在古人來看，這就是瘴氣。其實古時候醫藥不發達，人很容易因為一點小病就死掉，找不到治病的方法，就怪給鬼神或瘴氣。」

東緯終於知道，為什麼當時的人四十歲就可以當上長老了。

這時午睡結束的鐘聲響起。東緯向老師道謝，打算回辦公室。誰知王老師叫住他：「等等，你問了我這麼多題，我也有個問題要考考你。」

「老師請說。」

王老師說：「臺灣原住民很會叉魚。因為他們知道不可以瞄準魚身，而是要瞄準魚的下方，你能解釋其中的原理嗎？」

東緯鬆了一口氣，他以為老師要拿什麼困難的問題問他，原來是考他折射的問題。王老師本來就是東緯的國中理化老師，當初這個章節就是王老師教的，他只是想考考東緯還記不記得。

東緯拿出筆，在紙上畫了一張示意圖（如圖3-1）。「魚身上反射

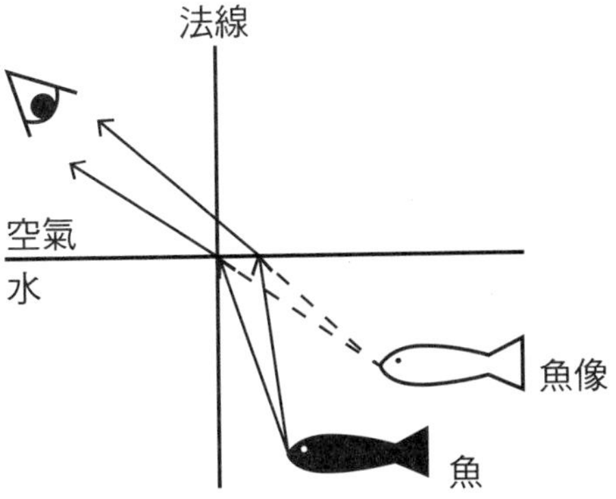

圖 3-1

的光線要由水中進入空氣時，因速度變快，會偏離法線。而人的腦部仍然認定光線是直線前進的，所以魚的像就出現在較淺的地方。」

王老師笑著點點頭。「很好，沒有忘記國中理化。」

下午第一堂的上課鐘聲響起，東緯急忙跑回教室上課。

第四章　奔跑吧！麻達

毛少翁社的麻達有很多人，但是以洪啟雲跑得最快。新年的第一天，社裡都要舉辦賽跑，稱為「走標」。頭目會在前一天命人在十里外立旗幟，那種旗幟是用紅色的羽毛或布條做的，懸掛在竹竿上。總共有三面旗子，分為上、中和下三等。在競賽當日一大早，所有社裡的麻達就在起跑線上集合，等頭目一聲令下，所有麻達就拚命向前衝，最早跑到的人就先奪取上等旗，然後跑回社裡，將旗幟插在自家門口，表示這是飛毛腿的家。

洪啟雲能跑得這麼快，是長期訓練的結果。他整天都在跑，跑到腳上長出厚厚的繭，就算在荊棘中奔跑，也不覺得疼痛，跑起來像馬一樣快，而且可以長時間奔跑，不必休息。他從十三歲第一次參加賽跑以來，一直都是奪取上等旗的冠軍，所以如果有緊急公文要傳送，通事就會指定由洪啟雲出任務。

一大早，洪啟雲起床後，先向爸爸道歉。因為他必須送公文，今天無法陪爸爸去打獵了。

「沒關係，今天早上芒丹丟仔的叫聲不吉利，我本來就不打算出草。」爸爸嘆著氣說。

洪啟雲在心中也暗自嘆氣。芒丹丟仔是一種鳥，漢人稱為布袋鳥或鶺鴒。族人稱打獵為出草，每回出草之前，就會折一段樹枝扔到樹叢裡，然後觀察受驚擾而飛出來的是什麼鳥？這種鳥發出什麼叫聲？飛往什麼方向？憑這些跡象來決定今天出草是不是吉利。結果，經常為了鳥類叫聲不吉利，而不敢出草，甚至因而耽誤重大的事。

他為了這件事和爸爸爭論了好幾次，他說：「我們打獵時，經常獵到各種鳥類，可見牠們連自己的吉凶都無法預測，怎麼能知道人類的吉凶？」

但是爸爸堅持說：「這是祖宗留傳下來，教導子孫趨吉避凶的方法，歷經幾千年的考驗，怎麼會錯？」

媽媽知道洪啟雲要出遠門，就忙著為他準備一些乾糧。洪啟雲則拿起自己編的五彩藤蔓，圍在腹部及腰部，他用力把藤蔓束緊，使腰部緊縮，這樣跑起來會比較快。接著他把裝公文的袋子塞進圍住腹部的藤蔓裡，並在頭上插雉毛，手肘上掛著薩豉宜。那是一種鑄鐵做的管子，長約三寸多，兩頭削尖。一旦跑起來，薩豉宜就會和手腕上的鐵鐲相互碰撞，發出叮叮噹噹的聲音，警告路人閃開，以免被撞到。

爸爸為他配上弓和箭。洪啟雲擺手想拒絕，但是爸爸堅持說：「出遠門怎麼可以不帶武器？一路上有生番和游民，非常危險，你自己要隨時小心。尤其今天早上芒丹丟仔已經預告凶兆，你因公務，不得不出門，但是一定要提高警覺。」

洪啟雲當然知道一路上處處隱藏著危險，不但生番會殺害他們熟番，也有游民會欺負落單的番人。這些游民當初大多是非法偷渡來臺灣的單身漢，沒有正當職業，沒有家庭，俗稱羅漢腳，全靠偷搶拐騙過日子。

但是他看看自己又細又瘦的雙臂，連拉弓都很吃力，更別提瞄準了。雖然他也像練跑一樣，努力想鍛鍊手臂的力氣，無奈怎麼練，手臂還是比別人細。所以他只能在短距離射中目標，比較遠的目標，他連射都射不到，更不可能命中。

再說族人所用的弓箭，他也看不上眼。弓本身是竹子做的，弦則是用苧麻的纖維綁的，弓的兩端用藤蔓把弦繞得緊緊的。箭也是竹子做的，有的箭末沒有綁雞毛，準確度很差；箭末有綁雞毛的，準確度好一點，但是威力仍然很有限。他見過有些漢人持有鳥銃，填充火藥之後，在遠處就可以打到雉鳥和野兔，聽說洋人的槍更好，真令他羨慕，他希望自己也能有一支槍。

準備妥當之後，洪啟雲就去公廨報到。他由通事手中接過公文後，看了一眼，上面的收文者是「臺灣府淡水撫民同知」。他把公文裝入苧麻和獸皮做成的袋子中，然後就上路了。

由於路途遙遠，他並沒有急速奔跑，而是以穩定的步伐向前慢跑。

由北投出發，只有在渡過淡水河時，他付錢請族人用艋舺載他過河，其餘路程全靠雙腳奔跑。

一路上草木叢生，洪啟雲必須穿越荊棘，涉入草叢，他的腳上早已布滿血痕，身上的衣服都被割破了，幸好公文有藤蔓保護，沒有損壞。雖然辛苦，他仍咬緊牙關，一路持續奔跑。到了中午時分，他已經抵達南崁，他決定在此休息吃午餐。

每次送公文到竹塹城，他都是在這裡休息吃中飯。他心裡明白，走到南崁，差不多只走了三分之一的路程，但是過了南崁，山中有生番出沒，他只能沿著海邊行走，一路上幾乎一棵樹也沒有，在抵達竹塹城之前，也不見一戶人家，連要休息的地方都不好找。

雖然有媽媽為他準備的乾糧，但是他決定到廟口買東西吃。擔任傳送公文的麻達，是有薪水的，辛苦了一個早上，他覺得應該享受一下。

他走到元壇廟的廟口，這裡有人在擺攤。這間元壇廟是由漢人和平埔族共同建造的，所以漢人和平埔族都會到這裡做生意。由這裡沿著南崁溪走，就會到港口，當初鄭成功的軍隊曾在南崁港登陸。鄭軍離開時，有士兵留下護身符掛在樹梢末帶走，相傳半夜發出亮光，民眾就在這裡蓋了一間廟。

這一類的故事太多，太過類似，一聽就知道是互相抄襲的。例如艋舺龍山寺的興建，也是起緣於某個夜晚，艋舺一帶居民發現竹林裡有光芒，走進一看才發現光芒來自掛在樹梢的香火袋，香火袋上寫著「安海龍山寺」。眾人相信這是觀世音菩薩顯靈，便派人從泉州安海龍山寺分靈過來，在此建立艋舺龍山寺。

洪啟雲每次聽到這類傳說時，都是嗤之以鼻，原來漢人也這麼迷信，並不比番人高明。

不過，這裡離港口近，在這裡買魚一定新鮮。

洪啟雲正在東張西望，不知要向哪一家買。忽然聽到有人用族語招呼他：「小兄弟，跑這麼遠，一定累了吧？來喝一碗魚湯吧！」

南崁這附近有四個番社，分別是霄裡、龜崙、坑仔和南崁社，同樣屬於凱達格蘭族。不過因為至此地開墾的漢人有許多來自廣東省，所以這裡的平埔族漢化和認同的對象是客家人，也會說客家話。不過只要他們講族語，洪啟雲就可以完全了解。

店家是一名平埔族番人，他一定是看到洪啟雲頭上的雉毛和手肘上的薩豉宜，因而知道他是送公文的麻達。

這裡的番社還有清國政府設立的學校，教導番社小孩學習漢文。洪啟雲固然羨慕，但是他向毛少翁社裡的漢佃也學了不少漢文。

語文能通，當然倍感親切。洪啟雲在攤前坐下，點了一碗魚湯，準備搭配乾糧，飽食一頓。沒想到店家又多夾了一塊鹿肉乾給他，洪啟雲想到身上帶的錢必須應付這兩天花費，於是擺手想拒絕店家。

店家笑嘻嘻的說：「免費招待。來到我們這裡怎麼可以不吃鹿肉？」

從南崁到竹塹城之間，十分荒涼，但是因為山裡只有豹，沒有老虎，所以野生鹿很多，可惜洪啟雲箭術不精，否則就可以自己獵鹿來吃。

洪啟雲只好謝謝店家。「對啊！你們這裡鹿好多，我每次送公文經過，都會見到數百隻或數十隻的鹿成群結隊在草叢裡奔跑。」

店家說：「哎呀！現在哪裡算多？聽我阿公和阿爸那一輩的人說，當年他們在打獵時，鹿群都是成百上千的。你想想，我們番人種田的技術不如漢人，食物就要靠打獵，如今鹿群少了，我們的日子真是一天比一天難過。」

洪啟雲有一次在冬天時，經過南崁，正好遇上三個番社的人聯合起來獵鹿。幾百名番人分別由不同方向追趕鹿群，等鹿群被集中之後，番人就把鹿圍起來，用標槍射殺。他們的標槍是用竹子做的，槍尖是鐵製的，竹子末端綁了藤蔓，這樣即使被射中的鹿脫逃了，仍可憑著藤蔓追蹤這些受傷的鹿。

當時被殺死的鹿，堆起來像一座小山。鹿頭和內臟屬於打獵的人所有，其餘部位的鹿肉就由頭目做主，平均分配給社裡的每個人，讓大家都能過個飽足的冬天。不但鹿肉可以晒成肉乾，慢慢吃，鹿皮還可以做衣服。番婦用鹿角製成髮簪，鹿脂用來擦拭頭髮。吃不完、穿不完的鹿肉和鹿皮，還可以賣給漢人，連荷蘭人也搶著買鹿皮，還用船載到外國去賣。漢人還喜歡割鹿茸，並且把鹿角熬成膏。鹿茸和鹿膏都被漢人當成藥，他實在不懂漢人為什麼那麼愛吃藥。

但是番人吃鹿的方法也令漢人覺得很噁心。番人喜歡吃內臟，尤其最喜歡吃鹿腸，即使腸子裡仍有糞便也沒關係，因為鹿吃草，那些糞便就是草，有什麼不能吃的？但是漢人只要看到番人吃鹿腸，就會噁心到吐。不過，番人看到漢人吃雞，一樣噁心到吐。

吃過飯，和店家聊了一下，休息片刻之後，洪啟雲不敢鬆懈，立刻起身，繼續趕路。

接下來的路程比較平坦，洪啟雲加快腳步，往前奔跑。沿途還是有一群一群的鹿出現，鹿的種類有很多種，包括麋、麝、獐和麂等。

約莫日落時分，洪啟雲已經來到距竹塹城數里之外的區域了。這時有一大群梅花鹿，大約有一百隻，正好和他往相同方向奔跑，非常壯觀。洪啟雲一時興起，加快腳程，想和鹿群比一比，看誰跑得快，很快他就追上

鹿群，混入鹿群中，他開心極了。

忽然，他聽到一聲打雷的聲音，他急忙退出鹿群，停下腳步，觀看天色，不過朗朗青天，完全沒有要下雨的跡象。不久，又有一聲雷響，鹿群受到驚嚇，一哄而散，留下兩隻倒在地上的鹿，草地上血跡斑斑。洪啟雲這才知道，那不是打雷，而是有人用鳥銃在獵鹿。不久，果然有一名漢人持槍，從比人還高的草叢裡走出來。

原來是盜獵的人。依照清國法律規定，漢人不得進入番界，當然更不能進入番人的鹿場裡打獵。此人明顯已經違法，

洪啟雲急忙由背上取下弓箭，擺出防衛的姿態。當然他深知，憑自己的箭術，不可能比得過漢人的槍。可是他打算嚇唬嚇唬對方，以免盜獵者先攻擊他。如果對方真的對他瞄準的話，他也只能憑著自己矯捷的身手，走為上策。希望今早芒丹丟仔預告的凶兆不要成真。

不過，這名盜獵者完全不理會洪啟雲。他大搖大擺的走到鹿的屍體旁，取出尖刀，開始剝鹿皮。

洪啟雲見他沒有要攻擊自己，急忙掉頭要跑開。卻看到一群熟番也由草叢裡衝出來，將盜獵者團團圍住。

頭目大聲斥責這名盜獵者。「可惡，誰准許你進入鹿場打獵的？把他抓起來送官。」

盜獵者雖然手裡有槍，但是發現有數枝箭和鏢槍對準自己，也只能束手就擒。

頭目拿一枝竹竿，橫放在他背後肩膀處，把盜獵者的雙臂張開，用藤蔓把他的兩隻手腕分別綁在竹竿的兩端。

「走，送到淡水廳，由官府治他的罪。」

盜獵者被捕，洪啟雲鬆了一口氣，朝著不遠處的竹塹城，拔腿狂奔。

第五章　消失的鹿場

東緯爸爸服務的公司舉辦家庭日活動。這家公司總部在美國，以賣礦砂起家，後來事業版圖擴及家庭清潔用品、濾水器、辦公室用具、電子產品等。在許多國家都設了分公司，爸爸在臺北分公司上班。

家庭日這一天，公司會舉辦一日旅遊，每個員工都可以攜帶眷屬參加，由公司支付旅遊的費用，目的是讓員工的家人能互相認識，增進全體員工的感情。

今年的旅遊行程是先到小油坑觀賞火山地形，然後到陽金公路上的度假山莊用餐及戲水，最後到金山區遊玩。

小油坑設有停車場，遊覽車停妥之後，大家下車，走一小段路就可以觀賞到噴氣的火山口。這段短短的步道兩旁長滿了芒草，一片白茫茫的，煞是好看。走完步道，就看到一大片火山地形，許多冒著煙的硫氣孔，洞口旁有黃色針狀的硫黃晶體。那場景就像武俠片裡大決鬥的背景，煙霧迷漫，虛無飄渺。不過人在現場，卻是聞到刺鼻的味道，一點都不像電影裡那麼唯美。

旁邊有一位同事驚呼道：「哇！氣噴得這麼旺盛，會不會有一天火山噴發呀？」

爸爸點點頭說：「有可能，根據目前的研究看來，大屯火山群是潛在的活火山，而不是死火山。」

爸爸本身的專長是礦物，與地球科學相關的知識也懂很多。

「天呀！那怎麼辦？」

「根據同位素定年法推算，它最近一次噴發是在6000年前，也就是說，它很久才會噴發一次。以人類短暫的一生來看，要遇上還滿困難的。」

「為什麼會有那麼多硫氣口？我的意思是說，岩石明明就很硬，怎麼會出現缺口？」東緯又發揮每事必問的本事了。

「因為地底熱液溫度很高，與固態岩石反應後，熱液與圍岩之間發生物質交換，新礦物形成，熱液成分也發生改變。」這屬於爸爸熟悉的領域，他可以馬上為東緯解答。「假想現在有一股湧升的熱液，不但溫度很高，還帶著許多酸性的物質，包含二氧化硫、硫化氫、氯化氫和氟化氫等氣體，當然還有水蒸氣。最核心的地區，pH<2，於是岩石中的某些鹼性物質，如氧化鋁，就被溶解了，留下不定形的二氧化矽。如果溶破一個洞，那些酸性的氣體就衝了出來。而且除了氣體之外，有些破碎的二氧化

矽，顆粒直徑小於10微米，屬於可吸入微粒，會引發許多慢性疾病。」

靠近這些硫氣孔果然會危害健康。

爸爸繼續解釋。「離噴氣口愈遠的地方，pH漸漸變大，所以岩石成分也就不同。pH介於2到4之間的部分，形成明礬石（鹼式硫酸鋁鉀）和不定形的二氧化矽。離噴氣口更遠的岩石，pH>4，主要成分是高嶺土。」

「所以，這裡的土壤又熱又酸囉？」

「沒錯，你看硫氣孔附近寸草不生。」爸爸指著一大片火山地形要東緯注意看。

「噴出來的是氣體，怎麼會有固體的硫呢？」

「二氧化硫和水作用，發生一種特殊類型的反應，稱為自身氧化還原反應，產生了硫化氫、硫酸鹽和固態的硫。」

參觀完火山地形，大家又沿原路返回停車場。

雖然這條路剛才走過，但現在東緯又有新問題了。「如果這裡的土壤又熱又酸，怎麼會有那麼多芒草？」

「這裡離硫氣孔有一段距離了，土壤沒那麼熱，也沒那麼酸了嘛！」爸爸試圖要解釋。

這時候，旁邊有位留平頭、戴眼鏡、西裝筆挺的叔叔插嘴道：「臺灣全島無論海拔高低都有芒草。這裡的芒草叫白背芒，你仔細觀察它葉子的背面，有白色的粉末喔！臺北到基隆這一帶，只要是向陽的山坡都有白背芒。」

東緯正在好奇這位叔叔是誰時，爸爸急忙為他介紹：「這位是李叔叔，他是森林系畢業的，植物方面的問題，你可以向他請教。」

爸爸曾說過，他們公司業務很龐雜，所以公司裡各種專長的人都有，真是臥虎藏龍啊！

東緯上前查看芒草的葉子背面，嘴裡仍然提問：「叔叔，你不覺得奇怪嗎？這裡是火山地區，空氣中充滿有毒的氣體，土壤也很酸，為什麼還有那麼多芒草可以生存？」

「我常聽你爸說，你只要有疑問，就會打破砂鍋問到底，今天見到你，果然沒錯啊！」李叔叔笑著說：「雖然白背芒到處都有，但是陽明山一帶的白背芒還是最壯觀的，陽明山古時候稱為草山，就是因為滿山遍野都是芒草而得名的呀！」

原來如此！

李叔叔繼續說：「硫氣孔附近土壤不但很酸，而且營養成分很差，為什麼白背芒會活得這麼好？不是只有你好奇而已，科學家也很想知道答案。有人針對陽明山的白背芒做過研究，發現這附近土壤裡有兩種主要的菌根菌……」

「等一下，什麼叫菌根菌？」東緯覺得這簡直像在說繞口令。

李叔叔笑著說：「某些植物會與真菌形成共生關係，也就是說真菌生活在植物的根裡，使真菌與植物互蒙其利。這些共生的真菌就稱為菌根菌。研究發現，硫氣孔附近土壤中的菌根菌有十幾種，但是主要的兩種影響了白背芒在這種惡劣環境中的生存，這些菌與白背芒在長期演化中，產生良好的共生關係，會協助白背芒吸收營養。如果讓這些菌感染散布在南部橫貫公路一帶的白背芒，也會提高其生存率，但是發芽率仍然比不上此處硫氣孔附近的白背芒。」

「因為它們還沒演化出良好的共生關係。」東緯聽懂了。

「沒錯！」

東緯沒想到植物也有益生菌的概念。

這時候，福利委員已經催促大家上車了。

第二站來到陽金公路上的一家度假山莊用餐。由於大家都已經飢腸轆轆，所以二話不說，直接請老闆上菜。

服務生每上一道都會介紹菜名，第一道菜是鱒魚生魚片。東緯一點都不驚奇，因為下車時就看到招牌上寫著山莊裡有附設的彩虹鱒養殖場。

第二道是青菜炒肉，東緯覺得肉的顏色有點深，正在好奇這是什麼肉時，服務生丟下一句：「炒鹿肉。」就轉身離去。

東緯心想：「這裡有養鹿嗎？」不過轉念一想，又不是每家賣炸雞的餐廳都要養雞，當然不一定要養鹿才能賣鹿肉。他覺得肚子很餓，先吃飽再說吧！

由於山莊裡還附設溫泉，許多人飯後稍事休息，就進入湯屋泡湯，也有人換上泳裝，到泳池玩水去了。

東緯吃得肚子很撐，不想下水。他看老闆比較不忙了，就上前問道：

「老闆，在臺北要吃鹿肉的機會比較少，你這裡為什麼會有鹿肉？」

主辦這次活動的福利委員正好在櫃臺邊付帳，轉過頭來對東緯說：「你不知道呀？這家度假山莊以前是養鹿人家，賣鹿肉才是他們的本行。所以，雖然他們現在不養鹿了，我們還是指定要他們煮這道拿手菜。」

東緯望著老闆希望他確認這項答案。

老闆是個圓頭圓臉的中年男子，穿著白襯衫，打著花領帶，外加黑色背心，身上散發出濃濃的雪茄味。

「嗯，其實現在游泳池的地方，就是以前養鹿的地方。」老闆嘆了一口氣。「唉！臺灣以前到處都是鹿，光從地名就知道，你能說出多少個含有鹿字的地名？」

「鹿港、鹿野……」東緯很努力的想，也只能想出這兩個地名。

「還有鹿谷、鹿耳門和初鹿，其他沒有名氣的小地方就不提了。」老闆補充說：「以前鹿多到原住民打都打不完，但是清代以後，漢人入侵鹿場，大規模獵殺，加上土地開墾，鹿生活的空間愈來愈少，很多種類的野生鹿——像獐——就絕種了。現在野外很難看到鹿了。」

「我看新聞說，現在墾丁有復育成功的梅花鹿。」東緯記得看過這一則報導。

「嗯，野外的梅花鹿早已絕種。目前人工培育後再野放，這是很成功的例子。臺灣水鹿因為棲息緯度較高，目前還有少數族群散布在中央山脈及東部。另外，山羌的情況最有趣。山羌因為生活在低海拔地區，成為原住民打獵主要的對象。目前，山羌在臺灣屬於保育類動物，十分珍貴稀有。但是日本千葉縣的房總半島曾引進臺灣山羌，供民眾觀賞，結果不慎逃逸，卻在野外繁殖出五萬頭的大族群。」老闆對鹿的生態瞭若指掌。

「老闆，為什麼現在你不養鹿了？」

「養鹿不能只靠賣鹿肉，主要利潤還是來自鹿茸、鹿角膠等藥材。但是到了二〇〇二年，我國加入WTO，開始從國外合法進口鹿茸，另一方面，鹿茸酒又滯銷，使鹿茸產銷一時失衡，養鹿事業開始面臨困境。我也是在那個時候結束養鹿事業，你們今天吃的鹿肉是向南投的養鹿場買的。不過國內還是有養鹿協會，努力推廣與鹿相關的產品。」

東緯想起他的住家附近也有養鹿協會開的店，販賣的產品有龜鹿二仙膠、鹿肉和鹿茸酒等，但是店面布置很雜亂，他從來沒有想過要進去消費。

「我知道鹿茸，但是鹿角膠是什麼？鹿角不是硬硬的嗎？怎麼會變成膠？鹿膠又是什麼？和鹿角膠一樣嗎？」

「鹿膠和鹿角膠不同，我先解釋鹿膠好了。所有動物都有膠原蛋白，這你聽過吧？」一談到和鹿有關的產品，老闆的興致就來了。

東緯點點頭，美容品的廣告一直在講膠原蛋白，他當然聽過。

「動物的結締組織長時間熬煮，因為膠原蛋白水解，會產生黏膠，人類在六千年前就會製造動物膠了，主要是用馬、兔子和魚作為原料，可用於木工、繪畫。鹿膠也是動物膠的一種。膠原蛋白水解後，產生的明膠，在現代醫藥中，可作為包裝藥物的膠囊。鹿角膠就不同了，它本身就是藥。鹿角鋸掉後，殘餘的底座稱為鹿角盤，裡面同樣含有明膠。將鹿角盤切片，用水泡，洗乾淨，分幾次用水煎煮，過濾，加入少量明礬，靜置一陣子，濾取膠液，可加適量黃酒、冰糖和醬油，濃縮至黏稠狀，冷凝，切塊，晾乾，就得到鹿角膠了。在兩千多年前寫的《神農本草經》裡就記載了鹿角膠的醫藥功用。一般認為有補腎、振脾、強健筋骨，及促進血液循環等功用。」

泡溫泉和游泳的人已經紛紛穿好衣服，回到大廳，圍著聽老闆講話。

「有這麼神奇？」

「現代科學研究顯示鹿角盤有調節免疫系統、抗癌及抗病毒等功效，雖然詳細的原因還不清楚。」

「那鹿茸有沒有效呢？」一位女同事一邊擦著溼漉的頭髮一邊問。

「用老鼠做實驗，證實鹿茸對預防骨質疏鬆症有效。但是，人體實驗還沒有確切證據可以證明它有藥效。」

這時候，福利委員在催了。「請所有同仁及眷屬快點上車，我們還要到金山玩。」

雖然東緯還有許多與鹿有關的問題想問，也只能上車，準備前往下一個景點。

第五章　消失的鹿場

第六章 洋人

一大早，洪啟雲就到官署裡遞交公文。

負責收發的小吏收下公文並登記後，遞給他另一份文件。「這是要給毛少翁社的公文，你拿回去交給通事。」

洪啟雲把公文收好，轉身就要離開。

「等一下！」小吏喊住他。「你到港口接一名英國人，名叫薛爾克。然後讓他跟著你一路走回家，他要考察沿途的商機，並且會在滬尾港搭船回廈門去。」

「可是，我如果帶著他走，就沒辦法在今天夜裡趕回毛少翁社。」洪啟雲其實是怕爸媽擔心，另一方面也怕身上的盤纏不足以支付多出來這幾天的開銷。

「沒關係，這件公文重要，但是不緊急。」小吏顯然也知道洪啟雲的難處。「我會託嘎嘮別社的麻達到你們社裡去通知一聲，說你另有任務，會晚兩三天回去。」

嘎嘮別社是位於北投的另一番社，他們的麻達都認識洪啟雲，他們一定會幫忙帶話給爸媽的。

小吏笑著說：「至於路上的費用，你更不必擔心，洋人既然要你帶路，自然會支付你酬勞。洋人要我們幫忙找一名老實可靠的嚮導，我看你最適合。」

「可是，我不會說洋人的話。」洪啟雲仍然有疑慮。

「別擔心，他在廈門住了七年，會說閩南語。」

既然官員都安排好了，洪啟雲也只好點頭答應，離開竹塹城，往竹塹港奔來。跑了半里路之後，他不禁回頭眺望竹塹城。正因為十年前海盜蔡牽進犯竹塹港，清國官員才把這座城池構築得更堅固。本來用莿竹圍成的城牆，現在外面又加了土圍。

竹塹有兩處港口，舊港在十三年前——也就是嘉慶八年——淤積，嘉慶十二年在附近另闢新港，但是不到兩年時間，新港又淤塞了。去年，經過疏濬後，舊港又再度啟用，所以現在洪啟雲就是沿著竹塹溪，往舊港奔馳而來。

到了港邊，他立刻雇了一輛牛車，並且講明可能要雇用幾天。因為港邊為沙灘，一般小輪子容易陷入沙中而動彈不得。這種臺灣特有的牛車，輪子高約五到六尺，幾乎等同一個人的身高。除了沙灘外，在泥濘的路面也可運轉自如（如圖6-1）。臺灣的橋大多只有兩根竹竿，很少有能讓車通過的大橋，如果遇到小溪，這種牛車可以直接涉水而過，所以無論番人或漢人都喜歡用這種牛車，差別只在番人用馴伏的野牛拉車，漢人則用水牛。洪啟雲家的椿上屋底下，正好可以停一輛牛車。

這時候大船已進港，但是因為港邊水淺，大船不敢太靠近，只打開側面的水仙門，旅客和貨物則用舢板船接駁上岸。

洪啟雲看到即將靠岸的舢板

圖 6-1

船上有一名戴著呢帽的洋人，雖然看起來年約六十，但是體格非常魁梧，身穿白色襯衫，脖子上繫著領巾，在一群戴瓜皮帽的漢人之中顯得非常突出。

等旅客下了舢板船後，洪啟雲走向那名洋人，用閩南語問道：「請問你是薛爾克先生嗎？」

想不到對方很高興的擁抱了他。「是啊！你一定是我的嚮導了，萬事拜託！」

洪啟雲連忙把他的行李放到牛車上。「請問你還要進竹塹城嗎？還是立即往北走？」

「往北走吧！我預計四天後由滬尾上船，返回廈門。換句話說，我在臺灣只有很短的停留時間，不宜耽擱。」

洪啟雲示意車夫驅車往北走。

「你中途有沒有要到哪裡辦事？」

薛爾克用手拍一拍牛車的大木輪。「小兄弟，你知道這是什麼材料做的嗎？」

「樟木。」通常牛車的車輪是用樟木、烏心石或櫸木製成，洪啟雲雇的這輛是用樟木製的。

「嗯！沒錯，我聽說臺灣到處都是樟木，真的嗎？」

洪啟雲嘆了一口氣說：「我聽老一輩的人說，本來臺灣是遍地樟木沒錯，但是自從漢人來了之後，平地的樟樹幾乎都砍光了，現在樟木只剩下深山裡才有了。」

「那你就帶我到深山裡去呀！」薛爾克堅定的說。

「那可不行，深山裡有生番，會砍人頭的。」洪啟雲想起泰雅族的傳說裡，男人的一生必須獵殺敵人和山豬、鹿等野獸，死後這些被斬殺的人獸才會成為他的隨從，陪他走上通往靈界的獨木橋。一生從未殺過人或獸的男人將無法過橋。所以生番的出草是砍人頭，不像平埔族的出草只是一般的打獵。

薛爾克拍拍腰間。「我不怕，我有槍。」

「可是我怕呀！而且生番也有槍啊！」洪啟雲很不喜歡洋人口氣中的狂妄。事實上，由於清國軍紀敗壞，許多漢人百姓、平埔族和生番，都可以買到槍枝。「何況你是來做生意的，樟樹幾乎都長在生番的地界。如果和生番發生衝突，怎麼可能買得到樟木？」

「有道理，那麼……你有什麼建議呢？」薛爾克問。

「嗯，竹塹城以北，樟木最多的地方應該在雪霧鬧（桃園市復興區境內）一帶，但是那裡正是泰雅族的地盤，漢人和熟番都不能進去。不過，我可以帶你到大嵙崁（桃園市大溪區），那裡的地大多屬於霄裡社和龜崙社的，這兩社與我同屬凱達格蘭族，比較好溝通。熟番常做為生番與外人之間溝通的橋梁，你可以委託他們和泰雅族商量，向泰雅族買樟木。」洪啟雲想了一想，接著又說：「不過，你還需要有人幫你把樟木運送到滬尾港，才能運回英國，這需要漢人幫忙。這幾年漢人也已進到大嵙崁開發，三年前，一群漳州商人在那裡買地，建立商店街，並興建廟宇。你可以和他們談一談。」

薛爾克很高興的說：「其實我要買的不是樟木，不過，嘿！小兄弟，你真是做生意的料，短時間內就能設想得如此周到。嗯！就照你安排的去做吧！」

於是洪啟雲和車夫談妥，走山路往大嵙崁，一路上看到的樟木愈來愈多，樹幹愈來愈粗，有的要好幾個人才抱得住。

偶爾薛爾克會跳下牛車，跑去觀察樹皮的裂縫，並湊近去嗅聞它的氣味，然後點點頭，似乎這些樟樹的品質令他很滿意。

洪啟雲說：「聽說深山裡的樟樹更大，數量更多。」

薛爾克好奇的問：「臺灣的樟木又好又多，清國政府不懂得開採嗎？」

洪啟雲說：「有啊！他們還設了軍工料館，專門用樟木造戰船。」

薛爾克笑道：「可惜啊！樟的用途才不只這樣呢，如果煉成樟腦，用途更大。」

洪啟雲說：「漢人也懂得煉腦，不過目前只有少量生產，因為清國政府禁止私人煉腦。不過替軍工料館伐樟的匠首若私自煉腦牟利，官方就不管了。」

薛爾克大笑說：「真的嗎？清國政府的法律果然僅供參考。據我所知，他們禁止的事不只這一項，可是利之所趨，也沒有人理會。如果我這次來，生意談得順利的話，世界各國對樟腦的需求量非常大，相信也會為臺灣人民帶來一筆財富。」

牛車走得慢，將近天黑才到大嵙崁。洪啟雲在霄裡社人居住的街上找了一戶願意接待他們的家庭，借了一間空屋過夜。

薛爾克在檢查完屋裡的情況後，也很滿意。「我在中國各地出差時，投宿的旅社，很少沒有跳蚤的，這裡雖然簡陋，但是乾淨。」

洪啟雲拜託主人安排，讓薛爾克明天能與當地平埔族領袖和漢人士紳碰頭洽談買樟腦的事。主人依吩咐出外聯絡，不久之後回來答覆道：「明天中午在福仁宮開會。」

進入大嵙崁開墾的漢人都是漳州人，他們合資共同組成一個商業組織，叫「福仁季」，除了興建街市，也蓋了一座廟宇——福仁宮，成為地區的會議中心。

第二天正午，洪啟雲依約定時間帶領薛爾克到福仁宮。霄裡社和龜崙社的頭目也來了，其他大多是漢人。大家一一自我介紹，寒喧過後，各自坐下，福仁宮的人端上茶來。

薛爾克一喝就讚嘆道：「這茶真好喝，比我在印度採買到的好多了。」

喝過了茶，薛爾克便說明來意。「我要買樟腦，而且會長期大量購買。」

漢人中有一位名叫林平侯，自稱目前住在新莊。「那裡泉漳械鬥嚴重，恐怕早晚出大亂子，我打算過幾年舉家遷到大嵙崁來，如果有這筆穩固的生意可做，最好不過了。我們漢人懂得煉腦。」

薛爾克要求福仁季的人把漢人煉的樟腦拿來讓他看。他看了之後，點頭說：「可以，品質還不錯。」

但是薛爾克要採購的數量很大，福仁季現有的存貨不夠。

龜崙社的頭目說：「平地的樟樹不夠支應你的需求，我們必須進入深山與生番的頭目商議，看看他們是否願意幫忙。畢竟他們很不樂意讓外人進入他們的地盤，如果付他們一筆錢，委由他們砍伐樟木，我們負責把樟木由深山運到大嵙崁來，或許他們會同意。」

霄裡社的頭目也點頭同意。「那裡的生番雖然強悍，但我和他們算是有點交情，我會努力勸說他們。」

薛爾克說：「錢不是問題，只要你們能源源不斷的送出樟腦，我們公司就會支付款項。」

林平侯說：「我們福仁季的人負責煉腦，再把煉好的樟腦送到滬尾裝運上船。」

由於還不確定是否能進入深山伐樟，眾人議定第一批貨先以大嵙崁的樟樹能煉成的樟腦估算，各人應得的利潤也議定，並立即簽約。薛爾克付了第一批貨的定金，福仁季的人便吩咐上菜，以上等酒菜好好招待薛爾克。

酒足飯飽後，洪啟雲看太陽已落至山頭，決定在此再住一晚。誰知這一晚就沒有上一晚平靜，有洋人來到大嵙崁的消息傳開了，許多漢人都來到他們住宿的地方要看洋人，不但把薛爾克團團圍住，有的漢人稱呼他叫「番仔」，有的還動手拉他的絨帽，把薛爾克激怒了，大聲怒斥，才把圍觀的人趕走。

第二天一大早，洪啟雲就催促車夫趕快出發。可是一路上，他們一直覺得背後有人影在跟蹤。薛爾克察覺情況不對，就把彈丸和火藥裝入手槍裡備用。

就在他們即將進入三角湧（新北市三峽區）時，突然有將近十個游民，手持刀棍由後面追上牛車，把他們團團圍住，牛車夫嚇得臉上發白，急忙把車停住。洪啟雲立刻彎弓搭箭，保持警戒。

為首的一個羅漢腳，一手扯住牛軛，一手晃著尖刀，冷笑著說：「聽說你這名洋人帶了很多銀子到臺灣來談生意，既然經過我的地盤，想活命，就留下買路錢。」

薛爾克笑著說：「要銀子？簡單。我拿給你。」說著向腰間摸去，突然之間，他手上多了一把槍，轟一聲就把為首的羅漢腳撂倒。

洪啟雲見他的手摸向腰間時，就已經知道他要拔槍，所以同時把箭射向另一名站在車輪旁的羅漢腳，這麼近的距離他沒有失手。一瞬間有兩名同夥倒下，那群游民突然愣住，不知所措。

洪啟雲大聲提醒車夫開車，但他已經嚇傻了，完全不能動彈。洪啟雲急忙搶過他手上的牛鞭，往牛背猛力一抽，牛受了疼痛，拔腿狂奔。那群羅漢腳眼看到手的肥肉快飛了，大喊一聲，追了上來。

洪啟雲連忙叫薛爾克趕快開槍，可是他忙著裝填火藥和彈丸，隔了好一陣子才又開了一槍，擊倒了第三個人。眼看薛爾克裝填火藥這麼耗時間，洪啟雲只好把箭筒裡的箭，一枝一枝往後面射，雖然沒有再射中人，但也嚇得那些游民不敢再追，不一會兒，牛車就把那些游民甩得老遠。

牛一直跑到進入三角湧的市街才慢下來。車上三人都鬆了一口氣。因為接下來的路程要渡過幾條河，搭牛車不方便，洪啟雲和車夫算了車錢，雖然只雇用了兩天半，但是連回程算進去，總共給了五天車錢，外加食宿的費用，薛爾克很爽快的付了錢。洪啟雲並提醒車夫要繞路回去，以免再遇上那一群游民。

洪啟雲和薛爾克背著行李上路，經過擺接堡（涵蓋新北市板橋和土城等地區）、新莊、三重埔、芝蘭街（臺北市士林區），終於在天黑時回到北投的家。

他先到通事那裡繳了公文，通事聽他描述了這幾天的經歷，又讀了公文之後，表情嚴肅的對他說：「明天正好有發往廈門的船，你先帶洋人到滬尾搭船，回來後，立刻找我報到，我有重大的事情要宣布。」

薛爾克就在洪啟雲家過了一夜，第二天，洪啟雲帶領著他走到滬尾港，幫他買好船票後，正式向薛爾克告別。

薛爾克拿了一袋銀子給他。「小兄弟，我這趟到臺灣出差，多虧了你，才能這麼快談妥生意。而且在離開大嵙崁之後，遇到那群土匪，要不是你反應快，我們很難脫險。」

洪啟雲搖搖頭說：「不要客氣，我只是在回家的路上，順便帶你一程而已，一路上食宿開銷都由你支付，這樣就夠了。你不需要額外付我金錢。」

薛爾克不可置信的說：「你真的很老實啊！我到別的地方出差，當地嚮導幾乎都想方設法要騙我的錢，連代購船票，也要訛詐我十倍的價錢。」

洪啟雲說：「我住的地方，山裡有野獸，水裡有魚，樹上有果，田裡有薯，什麼都有了，我要那麼多銀子做什麼？」

薛爾克想了想說：「那麼，我送你什麼好呢？啊！有了，我這把手槍送給你當紀念吧！而且，你經常一個人在荒郊野外行走，有武器防身比較安全。」說著從腰間拔出槍遞給洪啟雲。

洪啟雲高興得說不出話來，他一直夢想著擁有一支槍，想不到這麼快就美夢成真。

薛爾克又遞給他兩個袋子。「這一袋是火藥，這一袋是彈丸。不過剩下不多了，我下次如果再來臺灣，會帶一些來給你。」

「謝謝！」洪啟雲用手摩挲著槍把，他其實還不知道該怎麼使用。不過，他想，回去再慢慢研究，一定會搞懂的。

臨上船前，薛爾克似乎想到什麼，又遞給洪啟雲一樣東西。「這個可能更有用，也送給你。」

洪啟雲從來沒見過這東西。「這是什麼？」

「望遠鏡。」

回到社裡時，通事果然召集全社的人，宣布重要的事。「今年福建巡撫王紹蘭大人將到臺灣巡視，預計五月在鹿耳門登陸，閏六月將抵達淡水廳。上級看中本社兵丁強悍，要求我們負責王大人在北路之安全。除派出四名屯丁擔任外圍警戒外，還要督導各地隘寮之搭建。洪啟雲，你對路線最熟，腳程又快，你也要參與任務，負責傳令。從現在起，直到王大人進入噶瑪蘭為止，全社的人都要動起來！」

第七章　樟腦

桃園市復興區有個小烏來風景區，幾年前架設了天空步道，一時頗受歡迎，必須先上網路預約，才能進入。過了幾年，熱潮已退，不過仍然維持預約制。爸爸在前一天就上網預約了今天早上十點這一場，所以吃完早餐，爸爸就催媽媽和東緯上車。

車子從國道三號的大溪交流道出去，沿北部橫貫公路走，路旁山壁上一直有水滴落，地面也有許多碎石。東緯擔心的望著山壁，聽說北橫經常發生塌方，昨天下過雨，希望土石不會太鬆軟。車子彎進縣道後不久，就到了停車場，有很多停車位，顯然觀光熱潮已經過了。

從這裡開始，人車分道。他們經由水岸綠廊步道走往入口，沿途有宇內溪潺潺水聲伴行，十分愜意。到了售票口，憑預約號碼買票，不過因為遊客稀少，其實不管預約與否，都可以買到票。

天空步道其實只有短短幾公尺，加上人少，一下子就走完了，站在玻璃地板上，腳下就是瀑布，仍然是難得的經驗。近幾年臺灣興起一股熱潮，喜歡興建天空步道，前提是認為人們都有懼高症，所以凌空走在玻璃地板上很刺激。但是東緯一點都不怕，就他的觀察，大部分的遊客也是開心超過害怕。

回到停車場之後，媽媽問：「再往裡面走，有個雪霧鬧部落，聽說那裡產的水蜜桃最甜，我們去那裡買水蜜桃好不好？」

爸爸看著打在車窗上的雨點，搖搖頭。「不好，那一段路很狹窄、陡峭又蜿蜒，加上天雨路滑，很不好開，下次晴天再去吧！現在到角板山的形象商圈去吃午餐！」

「雪霧鬧？這個地名好美喲！」東緯讚嘆道。

「這是由泰雅語譯過來的地名，意思是霧很多的地方。不只名字美，風景更美，可惜風景美麗的地方，大多與世隔絕，當然也帶有風險。」爸爸說。

「我們偶爾去一次都會害怕，那麼泰雅族的人住那裡不會怕嗎？」東緯問。

「他們的祖先也不是本來就住在那麼危險的地方啊！而是被漢人逼迫，而逐漸移往深山。」

雨突然變大，爸爸把雨刷的速率開到最大，仍然無法看清路面，只好放慢車速。大家都慶幸剛剛沒有再往深山裡走。

車子經過角板山公園旁邊，找到一個停車位，大家便下車用走的。

可惜角板山公園的入口，用兩根大木頭封起來，旁邊寫了一張告示，表示公園整修，請勿入內，以免危險。

「真掃興！」東緯還記得小時候，爸爸曾經帶著一家人來這裡。那時候的角板山公園裡面蝶飛蜂舞，真漂亮。

他們沿著馬路走了一小段，到了形象商圈，有許多山產店和飲料店。他們找了一家餐廳，點了一份三人合菜。店裡沒有其他客人，他們圍著一張桌子，邊吃邊聊。菜不見得多好吃，但是能優閒的吃飯聊天，還是很愉快。

媽媽說：「飯後可以到角板山行館走走，附近還有個樟腦收納所。十九世紀時，臺灣的樟腦產量曾經是世界第一，占全球產量的百分之七十五。復興區就是重要樟樹產地，所以當時三大樟腦集散地：大嵙崁、三角湧和咸菜甕（新竹縣關西鎮），都在這附近哪！」

東緯從阿公所說的故事中知道復興區產樟木，可是……「清廷不是禁止人民私自煉腦嗎？怎麼會允許外國人購買樟腦？」

「沒錯，清廷當然不願意啦！為了這事還打了一場樟腦戰爭呢！」媽媽很喜歡讀歷史書籍，東緯對歷史的興趣可能就是遺傳自媽媽的喲！

「樟腦戰爭？有沒有搞錯！歷史課本只有鴉片戰爭，從來沒聽過什麼樟腦戰爭。」東緯知道，鴉片戰爭發生於一八四〇年，主要戰場在中國大陸東南沿海。

「那麼我就從鴉片戰爭談起好了。鴉片戰爭時，英軍船艦就屢屢抵達基隆外海，想要以鴉片和臺灣人民交換樟腦，可見他們早就知道臺灣盛產樟腦，也迫切想要得到臺灣的樟腦。不過戰後談判中並未把臺灣列入通商口岸。但外國商船並不死心，仍不斷運鴉片到臺灣換樟腦，也有用錢購買的，但是無論如何，仍屬不合法的交易。在英法聯軍之後，簽訂了天津條約，安平和滬尾兩個港口也開放通商，自此以後，外國商人就可以合法在臺灣進行貿易。不料，清國官員在一八六三年把位於艋舺的軍工料館改成腦館，並下令樟腦的業務全部由腦館承辦，人民不得直接與外商交易。這樣做雖然可增加官方的收入，但壓縮人民和外商的獲利，因此發生英商被通緝，貨物遭沒收等衝突事件。一八六九年底，英國領事率兩艘軍艦炮轟安平港並登陸。清兵敗逃回府城，最後協議停火，由地方士紳湊錢賠給英軍，並簽訂協議，從此外國商人可以進入內陸買賣貨品，這就是樟腦戰爭。」

「真丟臉，跟鴉片戰爭一樣喪權辱國。」東緯搖搖頭。「可是樟腦有什麼重要，值得為它打仗？不就是丟在衣櫥或廁所裡那種白色的臭丸嗎？」

「你說的是萘丸，雖然大家依照舊的說法仍然稱它為樟腦丸，但是其實是來自石油化工業的萘，與樟樹無關喔！兩者不一樣。」

「樟腦會昇華，而且它對昆蟲有毒，所以被製成驅蟲的藥丸！但是它的用途不只這樣喲！它是製造硝化纖維時的塑化劑！」

因為臺灣曾有黑心商人把塑化劑當成起雲劑加到飲料裡，引起很大的恐慌，最後也被判了重刑，所以東緯知道塑化劑就是製造塑膠時的添加物，可以使塑膠變柔軟。可是……「硝化纖維是什麼？」

「把纖維素用硝酸和硫酸處理過後，就會變成硝化纖維，可以製造煙火及炸藥。不過如果硝酸不要加太多，就可以當成自燃的紙，被魔術師拿去當道具，這種紙只要在空氣中揮一揮，就會自動起火燃燒。如果硝酸再少一點，就可以製成電影底片，早期電影院容易發生火災，跟它有很大關係。硝酸再少一點，就完全沒有危險，可以拿去做成鈕扣。」爸爸服務的公司產品琳瑯滿目，所以他懂得很多。

「哇！」東緯沒想到樟腦有這麼多用途。

「不只如此，樟腦可以用於料理。」

「什麼？那種臭臭的東西可以吃？」

「樟腦不臭啦！你說的臭丸是萘丸。樟腦有強烈的芳香氣味，迷迭香的葉子裡就含有10～20％的樟腦油！《可蘭經》裡還記載樟腦可添加飲料的風味。經過還原反應，樟腦就變成異龍腦，可以添加在甜點中作為風味劑。異龍腦在亞洲國家很流行，印度人開的雜貨店裡，以『食用樟腦』的名稱出售。」

「樟腦還有醫療用途呢！它可以滲入皮膚，刺激神經末稍，塗得多會使人覺得熱，塗得少會使人覺得冷，還有局部麻醉和殺菌的效果。中藥用樟腦治療神志昏迷，並認為可以消腫止痛，這一點和現代科學觀點是符合的。自十八世紀以來，歐洲人就把鴉片和樟腦混合後泡酒精，有鎮痛的效果。目前樟腦也用在止咳藥中……」

東緯不禁打岔。「啊！我想起來了，有一次我感冒，咳嗽很久都好不了，醫生開了一劑止咳水，我讀了它的成分，裡面有樟腦，我當時還很困惑呢！原來樟腦有止咳作用。」

「不過，美國的食品醫藥署並不鼓勵把樟腦加到藥裡，他們只允許樟腦使用在皮膚相關用藥上。至於日常消費品商品，有限制其樟腦含量。」

「為什麼？」

媽媽說：「是不是怕蠶豆症的人接觸到？」

爸爸笑著說：「這是誤解，蠶豆症的人怕的是萘，也就是現代被稱為樟腦丸的假樟腦丸。真正的樟腦應該不會對蠶豆症造成影響。」

要結帳時，爸爸喊了兩聲，但是三名女服務生全都坐在另一桌瞪著電視看，沒有人發現爸爸需要服務，由於電視就在他們那一桌的頭頂上，爸爸只好站起來把手擋在電視螢幕前，終於引起服務生的注意。

走出餐廳，他們三人搖頭苦笑。「這種服務態度實在影響形象。」

這時候，雨已經停了，他們決定到角板山行館走走，樟腦收納所就在園區入口處，是一間日式的老房子，門口掛了一張門牌，上面寫著「專賣局臺北支局角板山收納詰所」，走廊上方掛著一張藍色布帘，寫了一個白色的「腦」字。

整個收納所空空洞洞，只有一些書面資料及模糊不清的老照片，無人解說。經查詢網頁，打電話去問，才知下午兩點有一場解說，已經開始，而且只針對行館部分定時定點解說。

媽媽皺著眉說：「到處都有行館，房間樣式和展出內容大同小異，有什麼好解說？而樟腦收納所才是本地的特色，反而沒有解說，這是怎麼回事？」

於是他們只好自己閱讀收納所展出的資料和照片，東緯不懂的地方就問爸媽。終於，東緯把樟腦提煉法弄懂了。

收納所有個空間擺放了一個磚砌爐灶，上面架了竹簍子。

爸爸搖搖頭說：「這恐怕是最近仿製的腦灶模型，而且很不確實。因為沒鐵鍋，水要裝在哪裡？而且這種竹簍子空洞那麼多？怎麼收集樟腦蒸氣？」

於是爸爸帶東緯到一張展出的圖畫前，解釋煉腦法給東緯聽。

大致上來說，漢人的煉腦法比較簡單，找一塊空地用茅草蓋腦寮，用石塊圍成腦灶，灶上放大鐵鍋，鐵鍋上放大木桶，木桶上方有個洞，用陶缸覆蓋住（如圖7-1，此圖為示意圖，實際上每一個灶上有十個鐵鍋）。然後去砍伐樟木，大塊的當木材，小塊的木片放入木桶中，然後掀開陶缸從木桶上方淋下清水再蓋上，水流入鐵鍋中，用灶煮沸一夜。然後把木桶下方木片移走，上方木片自然移入下方，上方空間再添新的木片，重新再煮，一天換兩次木片，連煮十天，陶缸裡就會有白色結晶出現，那就是樟腦。

東緯覺得煉腦的原理和他化學課學到的蒸餾很類似。高溫水蒸氣通過樟木片時，把樟腦氣體帶出來，到了陶缸，因溫度下降，樟腦就結晶了。

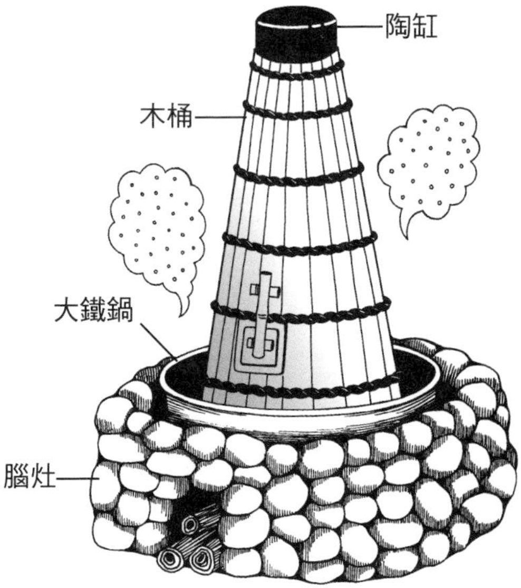

圖 7-1

東緯跑到另一間房間，指著一張模糊的老照片問：「這張照片的說明是『油水分離』，可是漢人的煉腦法裡，並沒有油，哪裡來的油水分離？」

媽媽說：「日軍占領臺灣後，用現代化武力征服了深山中的泰雅族，並進入深山大肆開採樟木，日本人和清廷一樣把樟腦納入專賣制度，這個收納所就是日本人的樟腦辦公室，連角板山的名稱也是日本人取的。日本人也帶來了新的煉腦法。」

日本人帶入了土佐式煉腦法。除了改十小鍋為一大鍋外，加入了冷卻桶（如圖7-2）。東緯覺得這樣的裝置，像化學課所用的李必氏冷凝管。土佐法的優點是連樟腦油也收集到了。樟腦油裡不只含有樟腦，還有醇、龍腦（異龍腦的鏡像異構物，就像左右手一樣對稱，但偏偏無法重疊）和黃樟油等多種成分，由樟腦油中提煉樟腦，產率會比前一種方法高。由於是用水蒸氣蒸餾，餾出的樟腦油會和水混在一起，不過油的密度小，會浮在水上。在油水分離的桶子上層接一根管子，就可以得到樟腦油。東緯覺得這個原理和化學課介紹的分液漏斗很類似。

就在爸爸講解土佐式煉腦法的時候，有一對母子也走進收納所參觀，那位母親約有六十幾歲了，

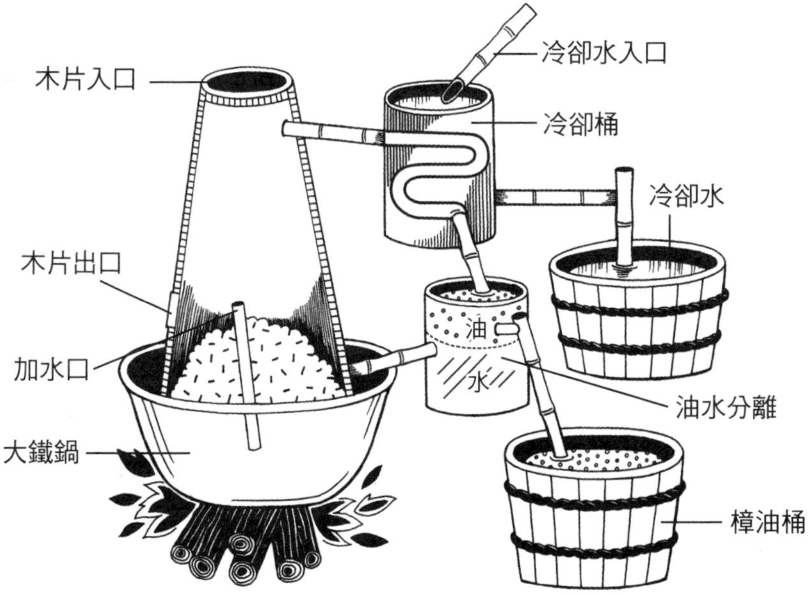

圖 7-2

兒子也有四十幾歲。母親一邊閱讀展覽資料，一邊問兒子：「平埔族？平埔族是指客家人嗎？」

東緯和爸媽相視苦笑。其實東緯心裡明白，要不是最近老師帶他們參觀了關渡宮，又引發阿公對他說了很多平埔族的故事，東緯可能也搞不清楚平埔族是什麼意思。

參觀完畢，他們便在園區裡找尋樟樹，清潔人員操著原住民口音告訴他們說：「樟樹都被掛上寫字的牌子。」

果然他們很快找到一棵掛著「富」字的樟樹，東緯特別湊上去想找裂縫處有沒有樟腦。

爸爸大笑道：「樟腦多到會結晶在樹皮上的樟樹不是沒有，但是很稀罕，所以才需要用蒸餾法提煉啊！」

他們走回停車場時，東緯感慨的問：「既然臺灣有這麼多樟樹，為什麼煉腦業會沒落？」

「一方面是因為濫墾濫伐，造成樟樹數量減少，另一方面因為化學合成法取代天然樟腦。何況許多樟腦製的商品不再流行，例如樟腦丸被萘丸取代，而拍電影也用數位檔，而不再使用底片。總之，樟腦的時代結束了。」媽媽說。

爸爸啟動汽車時說：「還有一點時間，我們到桃源仙谷走一走吧！」

東緯興沖沖的提議說：「然後到大嵙崁吃客家美食再回家！」

媽媽笑著說：「你這小子現在說起臺灣古地名真是順口啊！」

第八章 水師營

通事寧靖在公廨內把那張公文拿給參與任務的人傳看，讓大家知道這次的任務有多重要。公文是這麼寫的：

署臺灣北路理番鎮鹿港海防總補分府錢為

諭飭看守迎送事。照得

撫憲王　由鹿耳門登岸。不日，按臨北路巡察地方合飭迎送。為此諭仰毛少翁社、大圭籠、金包裡等社總通事寧靖，速即選撥勇壯、屯丁。建造隘寮，除剿匪類。在于該管前途伺候迎接。凡遇山林、險

隘、溪渡，務須小心護送至交界處所。仍將遵辦緣由先行辦理。該通事寧靖，毋得泛是違誤，至干究革，切切！此諭

嘉慶二十一年五月二十日諭

雖然不能理解官方文書複雜的格式，但洪啟雲認得漢字，所以大致了解這份公文的意思。當今臺灣是屬於福建省，所以福建巡撫王紹蘭要到臺灣巡視，是一件不得了的大事。

洪啟雲因為往來遞送公文，有時必須送公文到各個汛塘，所以這件事他略有耳聞。清國的軍隊編制由大到小，依次為鎮、協、營、汛及塘。汛和塘是分駐在各個地區的軍隊，聽他們說王大人已經先去過澎湖了，然後在五月由鹿耳門登陸，將會由南到北，再轉往噶瑪蘭巡視一番，才會返回福建。王大人這次來主要是校閱軍隊及廣求民瘼，他每到一處就會視察

各地駐軍之隊伍行進是否整齊，官兵馬術是否熟練，打靶能否準確，揮舞藤牌能否靈活。對水師則要求視察駛船把舵，施放火器，爬桅泅水，凡是未能達到標準的，就予以懲處。所以各個汛塘的士兵都很緊張，正加緊操練。

王大人在漢人地界的安全，由各汛塘負責，靠近番界地帶則由熟番的屯丁負責。這份公文要求總通事寧靖要立即選派壯丁，負責建造隘寮，並清除沿路可能遭遇的威脅。

清國治理臺灣，採取的策略就是隔開漢人與生番，並且把熟番放在兩者之間，作為緩衝。這一條隔離生番的線就是隘線，隘寮就是設在隘線的瞭望臺。通常在生番出沒的地方，設置隘寮，以觀察生番的動靜。有些隘寮是民眾為了自己聚落的安全而自行修築，有些則是官方修築的。

寧靖在接獲公文後，已分配好工作。除了現有的隘寮外，金包裡社要負責修築大坪林隘，大圭籠（又稱大雞籠）社要負責修築三貂嶺隘及十分寮隘。毛少翁社則負責沿途的安全警戒（路線參看圖8-1）。

預計王大人將在閏六月抵達北路，先至艋舺營校閱水師，再搭船抵達滬尾校閱淡水營水師。毛少翁社由滬尾接手，護衛王大人翻過草山到達金包裡，然後經由暖暖、三爪子（新北市瑞芳區

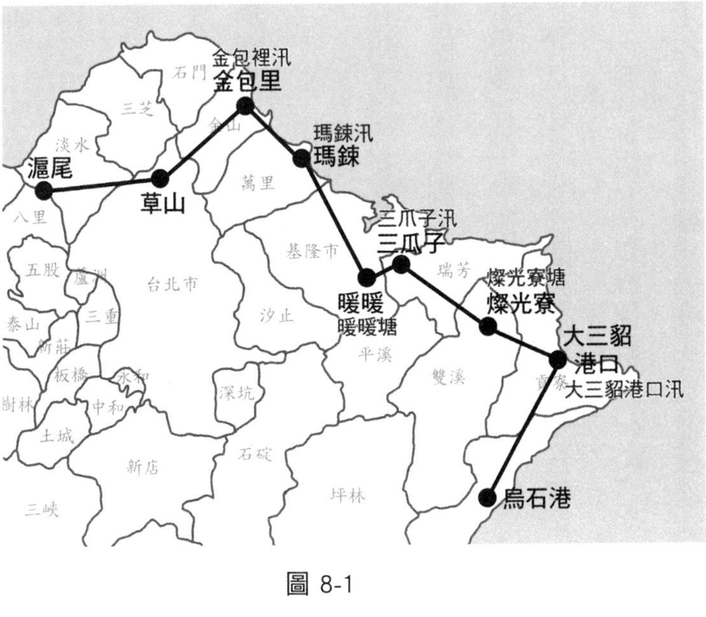

圖 8-1

內）、燦光寮到大三貂港口汛（新北市貢寮區澳底漁港附近）。最後保護王大人至頭圍（宜蘭縣頭城鎮）的烏石港後，保護王大人的任務就由噶瑪蘭營的士兵接手，毛少翁社的責任就結束了，預計是八天七夜的行程。

洪啟雲聽完嘆了一口氣。「哇！除了金包裡到暖暖那一段是沿著海岸走之外，沿途大多是山路。為什麼要讓王大人走這麼辛苦的路？搭個船，就直接到噶瑪蘭了啊！」

總通事正色道：「你小孩子不懂事，不要亂說話。王大人沿途每個汛塘和官署都要視察，所以安排這樣的路線。你想想看，他從鹿耳門走到咱們北路，要走一個多月，就知道他看得多仔細。」

洪啟雲想想，這沿途共有金包裡汛、瑪鍊汛、暖暖塘、三爪子汛、燦光寮塘和大三貂港口汛，共六處軍營，難怪他要走這條路線。

洪啟雲又問：「如果王大人要走的路線已經確定的話，為什麼連大坪林和十分寮也要修築隘寮呢？」

寧靖回答說：「泰雅族的活動範圍最北到達屈尺與石碇，為了避免王大人在臺期間生番惹事，必須嚴加看守這兩個地點。此外，王大人的路線只有我們參與保護任務的人知道，對外不能公布。同時修築三個隘寮，也可收聲東擊西之效，避免有心之人設下埋伏。」

現在已經是五月下旬了，接下來是六月，然後才是閏六月，所以他們大約還有四十天的準備工作。

說起閏月，洪啟雲也覺得可笑。一個曆法必須一次修正一個月，怎麼能說得上準確呢？這原因就出在陰曆是以月亮的陰晴圓缺為一個周期，大月三十天，小月二十九天，正常時一年十二個月只有三百五十四天，可是明明一年就應該大約有三百六十五天（兩個冬至之間的天數），誤差高達十一天左右，所以每三年就必須修正一整個月。用陰曆看月亮真的很準，每次月圓一定是十五或十六日，可是春夏秋冬等氣溫變化和太陽有關，和月亮關係不大。漢人常常誇口他們的陰曆有多準，還說照陰曆的節氣進行農事準沒錯。他拿過陰曆和洋人的陽曆比較，發現節氣還是看陽曆比較準。舉例來說，今天——嘉慶二十一年陰曆五月二十六日——正好是夏至，但是去年的夏至是陰曆五月十六日，前年的夏至是陰曆五月五日，每年都相差大約十或十一天，正好是陰曆一年與陽曆一年的差距。但是在洋人使用的陽曆上，每年的夏至都固定在六月二十一或二十二日，因為陽曆是根據太陽運轉位置而制定的，每年只差四分之一天，四年下來，只要修正一天就夠了！所以漢人所用農曆其實是陰陽合曆，而他們引以為傲的節氣，正是陽曆的部分！

這次任務，除了洪啟雲擔任傳令及斥堠外，毛少翁社要派出四名弓箭手，擔任外圍護衛，內圍保護由淡水營水師負責，貼身護衛則由一路隨王大人自福建渡海而來的衙役擔任，如此層層戒護，絕不允許有任何差錯。

這段準備期間，寧靖交給洪啟雲的任務是要不停巡視王大人即將要走的路線。除了回報隘寮修建進度，也要注意沿途是否有生番或盜匪出沒，有任何異狀，必須立刻回報。寧靖嘆了口氣。「我年紀大了，無法走山路，聯絡和協調的工作，都要交給你。你帶著我的公文去，各個單位都會協助你。」

由於這一趟路相當遠，既有山路，也有沿海的道路，所以寧靖准許洪啟雲這段期間可以任意投宿在各隘寮或鋪遞道上的任何一鋪。鋪遞道就是清國官方遞送公文的通道，沿途設有數個鋪，每個鋪設有鋪司一人，鋪兵四名。嘉慶十五年，噶瑪蘭才剛收入版圖，因為噶瑪蘭愈來愈重要，去年臺灣知府才把淡水鋪、圭柔山鋪、金包裡鋪、圭籠鋪裁撤，移至艋舺、錫口（臺北市松山區）、水返腳（新北市汐止區）與暖暖，並新設柑子瀨

（新北市瑞芳區）、燦光寮、三貂嶺三鋪。

在洪啟雲責任區域內就有暖暖、柑子瀨、燦光寮三個鋪，這段時間，他可以隨時投宿其中任何一鋪。他伸手摸了摸懷中的手槍，到目前為止，他還不敢讓任何人知道他有手槍。這一段時間裡，他不必天天回家，只要每隔一段時間回社裡向寧靖報告一次就可以。他要好好利用這段可以自由活動的時間，研究一下這把槍的構造。

今天洪啟雲要開始試走這條路線。雖然昨晚及今晨都有風雨，但是為了任務，仍然必須出門。他帶齊各種裝備，先跑步到滬尾。

滬尾水師設於海邊。清國因為搜捕海盜，而察覺臺灣北部海防空洞，因而在康熙五十七年抽調兵丁五百名，戰船六艘，成立淡水營。但是在清國治理下，臺灣三年一小反，五年一大反，動亂不休。海盜蔡牽在嘉慶九年和嘉慶十年連續兩年攻臺，尤其是嘉慶十年那一次，他自稱為鎮海威武王，改年號為光明。劫掠滬尾、占領鳳山、攻打府城，竹塹城就是在這次動亂中加強為土牆的。那一年的戰亂中，在臺的清國官員死傷不少，包括淡水營的都司陳廷梅也戰死。後來是靠福建水師提督率戰船趕來支援，海盜才潰敗而逃。

清朝的軍階由上而下為提督、總兵、副將、參將、游擊、都司、守備、千總和把總（又稱百總）。那一次海盜入侵，臺灣的兵力完全無法招架，要靠福建水師的最高首長率大軍前來支援才能發揮戰力。

嘉慶十二年，受過蔡牽幫助的另一名海盜朱濆又攻打雞籠、噶瑪蘭，且自稱海南王，雖然後來亂事平定，但是有些黨羽至今仍藏匿在山中。事後，清國為了加強對噶瑪蘭的治理，才在嘉慶十五年把當地納入清廷版圖。這些事都發生在洪啟雲小時候，但是他還記得當時人心惶惶的情形。

今天水師營顯得緊張而忙碌，一反平日懶散優閒的氣氛。有些官兵忙著操練船艦，有些則在練習打靶。

在洪啟雲出示公文之後，門口衛兵就帶他去見守備謝建雍。從嘉慶十四年起，清國在艋舺又設立另一水師營，首長的官階為游擊，淡水營首長的官階則降為守備，換句話說，臺灣北部水師的重心已經移往艋舺。

洪啟雲看見謝守備穿著補服。補服是清朝官服的一種，比袍略短，形式為對襟，所以補子分成兩半。洪啟雲注意到謝守備胸前的方形補子上繡的是熊羆，熊的身邊是雲，腳下是波浪，由這熊補可知他是五品武官。不過這隻熊的形狀太可愛，不像武將應表現的英勇，而且熊的胸前有白色V形圖案，這一點和臺灣黑熊很像，但是臺灣黑熊渾身上下都是黑色，只有這個V形是白色的，而補子上的熊V形下方整個肚子都呈現白色。洪啟雲不知道是不是真的有這種熊。如果有，在哪裡呢？漢人說，羆是最大隻的熊，這種熊生長在滿洲嗎？還是畫家虛構的呢？

謝守備年紀雖大，但體格十分精壯，看來是一員猛將。不過，他見來人是個小孩子，也不太搭理，操著福州口音對身旁的參謀說：「護送王大人至噶瑪蘭營的任務，我已經指派余把總負責，你們帶他去見余把總就好了。」

參謀回覆道：「余把總至福建領取硝硫，預計今天下午才會回營。」

謝守備轉頭對洪啟雲說：「你就留在營區用膳，等下午余把總的船回來，再與你討論任務的詳細內容。」

洪啟雲依言在營區待到下午，幸好可以觀看水師各種戰技操演，也不覺無聊。到了接近傍晚時，有一艘戰艦回到滬尾海邊。有士兵來通知他，要他上船去見余把總。

余把總頭戴紅纓帽，身穿藍黑色官服，補服上的猛獸是犀牛，洪啟雲知道這表示他是七品官，洪啟雲從來沒看過犀牛，不過依他看來，補服上那頭犀牛明明像鹿，是不是畫家也沒看過犀牛，全憑想像畫的？他就不知道了。

余把總名叫增賓，是個胖胖的中年人，行動還算靈活，卻顯得十分疲憊，他嘆著氣說：「唉！這條黑水溝實在太危險了。難怪俗話說：十去六死三留一回頭。意思是說十個渡海來臺灣的人，有六個會葬身海底，只有三個抵達後留在臺灣，另外一個則是放棄而不來了。大部分人一輩子只會有一次搭船過黑水溝的機會，我們駐臺水師則是每一兩個月就要跑一趟，無論運餉或是運硝硫，樣樣靠水師。今天在海上遇到強風，差點把這艘船吹翻了。幸好不是颱風，否則我們就回不來了。」

洪啟雲看著水兵們正把船上的貨卸下來，其中黃色的粉末，他知道是硫，只是覺得清國政府很蠢，明明草山一帶就產硫，偏要由唐山運來。另外一種白色的碎石，他就不認識，便開口問余把總。

余把總拿起幾顆交到洪啟雲手裡。「你沒看過？這就是硝石。火藥就靠硫黃、硝石和木炭三者混在一起製成的。因為朝廷怕臺灣百姓私製火藥，所以臺灣製造火藥所需的硝石和硫黃都由大陸運送過來。」

洪啟雲端詳了一陣子，覺得硝石就像普通白色的石頭，就問道：「這看起來就跟普通白石頭一樣，要怎麼分辨？」

余把總說：「我聽軍工匠說，硝石會溶於水，普通石頭不會，如果用火燒硝石，火焰會呈現紫色。」

「這麼特別？」洪啟雲把玩手上那兩三顆硝石。

余把總說：「你那麼喜歡就送給你吧！」

洪啟雲高興的把那幾顆硝石收進袋中。但是他仍然有疑問：「難道臺灣本地就沒有硝石嗎？為什麼非從唐山運過來不可？」

余把總皺著眉說：「臺灣有沒有硝石礦我不清楚，但是聽說只要把築牆的土，取下來加熱就可以製成硝了。因此，朝廷害怕臺灣百姓取得硝和硫，便全面管制，必須由唐山運來。」

接下來該洽談任務內容了。余把總指著正在搬運硝硫的一隊水兵。「這些人都是我們水師營中戰技最熟練的士兵，我會從中挑選四人，擔任這趟任務的成員，兩人在轎前，兩人在轎後，我也會押陣，負責調度與指揮。加上貴社的弓箭手和王大人從福建帶來的隨身徇役和轎夫，在狹窄的山路中，這樣的防護，應該很安全了。何況每隔幾里路就有隘寮或汛塘，應該沒有問題。」

和余把總談完護送王大人的細節後，洪啟雲知道水師營是軍事重地，不會留他過夜的，於是便告辭離開，展開腳步，跑上草山。

途中經過一座雄偉的炮臺，他不免停下腳步來觀察。這炮臺原來是西班牙人興建的，後來荷蘭人原地重建，所以漢人就稱這座炮臺為紅毛城。

到了雍正年間，清國官員又為它增闢了四座城門，使它更顯雄偉。

這一門炮，炮身有八道環狀隆起，共有三個輪子，除了兩側各有一輪外，後面還有一個輪子。炮身是鑄鐵做的，炮口狹窄，後半部較粗。

看守炮臺的士兵，見洪啟雲停留在軍事重地，揮手要他離開。洪啟雲不想惹事，急忙拔腿往山上跑。

眼看天色已經漸漸變暗，心想，今晚可能必須在草山上過夜了。

第九章　硝

東緯又利用中午休息時間，到化學實驗室請教老師。因為他聽說可以由土製造硝，覺得太神奇了，一定要來問問王老師。

化學老師為了鼓勵大家發問，每天午餐後，自十二點半到一點之間，都會在實驗室等候同學們問問題。平時的「生意」並不好，不過到了段考前那幾天，會突然門庭若市，許多人擠進實驗室要問問題。

今天東緯走進實驗室時，發現裡面沒有學生，老師一個人坐在椅子上閉目養神。聽到東緯的腳步聲，老師睜開了眼睛。

「東緯呀！有什麼問題要問呢？」老師拿出紙和筆，準備要回答問題。

「我要問的問題和考試無關喔！」東緯覺得有必要先聲明一下。

「很好呀！因為好奇而提問，比為了考試而提問更好。」

於是東緯便問到土可以煉硝的說法。「是真的嗎？」

王老師點點頭。「是真的，但不是隨便什麼土都可以，最好有生物遺骸或排泄物的土，而且必須位於乾燥的地方，否則是提煉不出硝的。」

原來古人不是亂說，而是確有根據。「老師，我很想知道其中的原理。」

「你聽過氮循環嗎？」

地球上有很多物質都必須循環，地球才能生生不息。東緯知道有水循環和碳循環，但是氮循環他不熟，所以搖搖頭。

老師從抽屜裡抽出一本書，翻出一張氮循環示意圖（如圖9-1）。

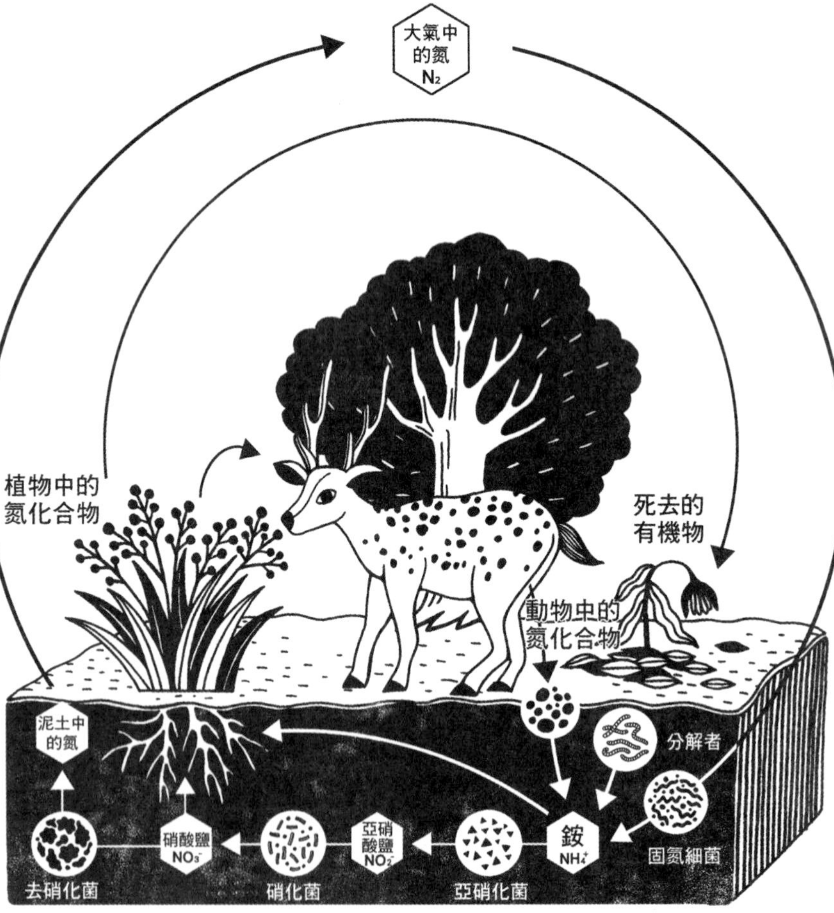
大氣中
的氮
N_2
植物中的
氮化合物
死去的
有機物
動物中的
氮化合物
分解者
泥土中
的氮
銨
NH_4^+
固氮細菌
硝酸鹽
NO_3^-
亞硝
酸鹽
NO_2^-
去硝化菌
硝化菌
亞硝化菌

圖 9-1

東緯在圖中找到硝酸根，再逆著箭頭方向找，發現土壤裡的硝酸根，有兩個來源：一種是空氣中的氮，經由土壤中的固氮菌作用，變成銨根，再經由硝化菌作用，變成亞硝酸根和硝酸根。另一個管道則是動植物屍體經由分解作用，變成銨根，同樣再經由硝化菌作用，變成亞硝酸根和硝酸根。

老師在一旁補充道：「氮肥和鉀肥是植物三大營養素其中的兩種，所以植物的遺骸必定含有可製硝酸鉀的原料。動物是吃植物的，即使肉食性動物，牠們的食物也間接來自植物，所以動物的遺骸和排泄物也含豐富的氮。氮必須經由細菌的作用，才能變成硝酸根。所以聽說從前有一種行業，就是去刮廁所地上的土，可以提煉出硝。」

「那為什麼要找挑乾燥的地方呢？」

「硝石中最主要的成分是硝酸鉀，你認為硝酸鉀會不會溶於水？」老師想考考東緯。

東緯記得老師曾要求他們把沉澱表記下來，其中第一個規則就是說：鹼金族（鋰、鈉、鉀……等）形成的鹽類都可以溶於水。第二條規則是說：硝酸根或醋酸根所形成的鹽，也幾乎都會溶於水。那麼硝酸鉀當然會溶於水。

「會。」回答完之後，東緯立刻了解老師問話的用意。「我懂了，硝酸鉀會溶於水，所以經常淋到水的土壤，其中的硝酸鉀早就被沖洗掉了，不會留在土裡。」

「答對了，能把學到的知識，靈活的運用出來，這種能力比會考試還難能可貴呢！」老師顯得很高興。

東緯又進一步發問。「如果我找到富含硝酸鉀的土了，要怎麼提煉呢？」

「土裡面除了我們要的硝酸鉀之外，還有其他會溶於水的雜質，例如鈣離子等，我們要想辦法把雜質去掉。」

東緯感到懷疑。「古人懂這麼多化學嗎？」

「你太輕估古人了。」老師說：「他們或許不懂其中原理，但是他們經由多次失敗學到了一些經驗，例如這時候他們就會把草木燒成的灰，用來去除雜質。」

「草木灰？我想想……啊，我知道了，我國中時學過，草木灰裡含有草鹼，也就是碳酸鉀，會讓鈣離子變成碳酸鈣沉澱。」東緯剛解答了一個問題，又想到另一個問題。「可是他們有濾紙、漏斗可以分離沉澱嗎？」

「別死腦筋，難道一定要有漏斗才能過濾嗎？如果我用上下兩層紙包著草木灰，放在底部有許多孔的陶鍋中，再把陶鍋裝滿土。然後用沸水由上方淋下。硝酸根、鉀離子等會溶於水的物質都隨著熱水往下流，水中的

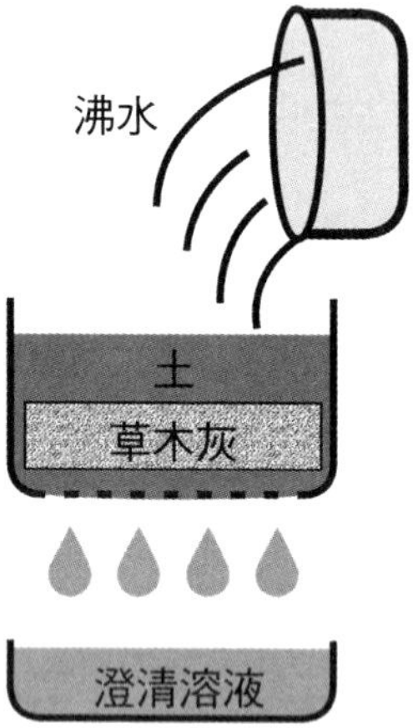
沸水
土
草木灰
澄清溶液

圖 9-2

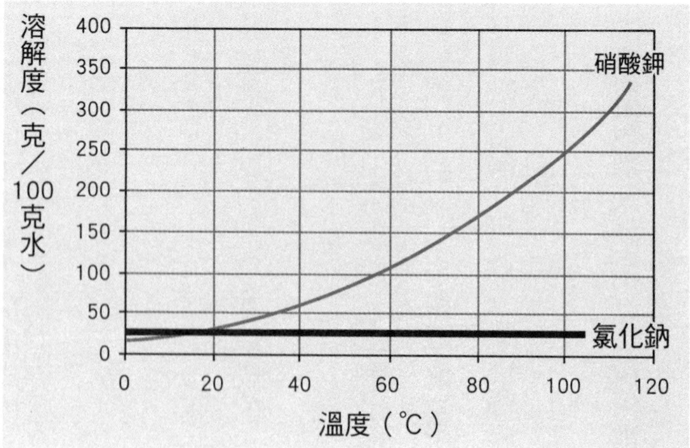
溶解度（克／100克水）
400
350
300
250
200
150
100
50
0
硝酸鉀
氯化鈉
0
20
40
60
80
100
120
溫度（℃）

圖 9-3

鈣離子遇到草木灰後，形成沉澱，被下層紙擋住。由洞中流出來的高溫澄清溶液就只含硝酸鉀了，不是嗎？」老師邊說，邊畫由土中洗出硝的裝置圖（如圖9-2）。

高一化學課曾學過硝酸鉀對水的溶解度會隨溫度升高，而明顯變大；但氯化鈉就不一樣，它的溶解度無論在高溫或低溫都差不多。（如圖9-3）。

「嗯，我知道為什麼用沸水淋了，因為硝酸鉀在熱水中溶解度大。」

東緯問：「但是為什麼非用陶鍋不可呢？」

「純的硝酸鉀本身並不容易爆炸，但是如果和可燃物質混在一起，受熱時就容易發生爆炸。所以我會盡量避免讓硝酸鉀接觸到鐵屑這一類的可燃物質，或許這只是我多慮了，但是處理會爆炸的藥劑時，還是小心一點比較好。」老師嚴肅的說。

東緯看過鋼絲絨燃燒時，火花四濺的樣子。「喔！原來是怕硝酸鉀和鐵屑混在一起。好了，過濾後的澄清溶液蒸乾，就可以得到硝酸鉀了吧？」

「嗯！但是，如果是我，我不想採用蒸發結晶法。」

東緯知道，老師不想加熱硝酸鉀，以免發生危險。「但是不加熱能得到硝酸鉀晶體嗎？放著讓它晾乾嗎？」

「晾乾當然可以，但是時間拉得太久了。我們可以利用離子化合物不易溶於有機溶劑這一點，使溶於水中的硝酸鉀沉澱。」

有一次上課時，老師提到，像食鹽（氯化鈉）這種離子化合物不容易溶於酒精，他還曾提出質疑：為什麼市面上賣的料理米酒可以加鹽？他記得當時老師說，米酒裡面水比酒精多，料理米酒是靠水溶解食鹽，而不是靠酒精。

「我知道了，把這些溶了硝酸鉀的澄清溶液中倒入酒精，硝酸鉀就會因難溶而析出。」

「答對了，接下來呢？」

東緯記得有時候為了讓沉澱快點乾燥，老師會要他們用丙酮沖洗沉澱，因為丙酮揮發性大，會把水分帶走。「再過濾一次，然後放著，讓濾紙自然風乾，因為酒精揮發性比水大，所以應該很快就乾了。」

「你懂得舉一反三，很好。」老師對東緯的回答感到很滿意。

「古人為了製造硝，真的好辛苦。」用沸水澆淋那些充滿糞肥的泥土時，會有多臭，可想而知。

「所以現代人不再使用那麼辛苦的方法了，我們有很多方法可以製造硝酸鉀。例如先配製濃的硝酸鈉水溶液，加熱到高溫，再把固體氯化鉀加進去，就可以產生硝酸鉀和氯化鈉了。」老師笑著說。

東緯聽懂了，也隨手寫出反應的方程式：

$$NaNO_3(aq) + KCl(s) \xrightarrow{\Delta} NaCl(aq) + KNO_3(aq)$$

式中的(aq)代表水溶液，(s)代表固體。他剛才注意到老師說加入的氯化鉀是固體。沒想到老師拿起紅筆，把NaCl的狀態由(aq)改為(s)，如式：

$$NaNO_3(aq) + KCl(s) \xrightarrow{\Delta} NaCl(s) + KNO_3(aq)$$

「咦？氯化鈉明明會溶於水呀！老師你不是說鹼金族形成的鹽類都可溶嗎？這個反應明明在水中進行，為什麼把氯化鈉改為固體？」

「這個製法巧妙的地方就在這裡，你知道，硝酸鉀在熱水中溶解度很大，所以產物中的硝酸鉀幾乎全溶，而氯化鈉在冷水熱水中的溶解度相差不多。以沸水來說，硝酸鉀的溶解度幾乎是氯化鈉的六倍。由方程式中可知，硝酸鉀和氯化鈉的莫耳數相等，所以有許多氯化鈉無法溶入沸水中，而沉澱在容器底部，這樣兩者就很容易分離了。」

原來如此，東緯已經完全了解硝酸鉀的製法了。接著他想知道它在現代社會中的用途。「硝酸鉀目前還是用來製造火藥嗎？」

「硝酸鉀、硫粉和木炭粉混合在一起，形成黑色火藥。這種火藥的缺點是煙太多了。所以到了十九世紀末已漸漸被無煙火藥取代了。」

這又引發東緯的好奇心了。「可以舉一個無煙火藥的例子嗎？」

「例如諾貝爾就曾把樟腦、硝化甘油和硝化纖維素混合製成巴力士太發射藥，那就是最早的無煙火藥之一。」老師停頓了一下，接著又說：「不過黑火藥並沒有完全被淘汰，例如在施放煙火時，就仍然使用黑火藥。」

「硝酸鉀還有其他用途嗎？」

「當然有囉！其中一個重要用途，你應該知道了，就是當肥料。」

老師剛剛說過，氮肥和鉀肥都是重要肥料，而硝酸鉀既含氮又含鉀，當然是好的肥料。

「它在醫藥上有個用途，你一定想不到，那就是用在過敏性牙齒專用的牙膏。」

東緯年紀還小，沒有過敏性牙齒，但是電視廣告中一再介紹這種牙科疾病，所以有一點了解。這種疾病是因琺瑯質破損，失去保護功能，所以一旦吃到冰冷或高溫的食物，牙齒就會痛。廣告中說，用專用牙膏刷牙，以後再吃冰品，就不會痛了。

東緯驚訝的問：「這種專治敏感性牙齒的牙膏裡面含有硝酸鉀？」

「因為琺瑯質破損，牙本質露了出來，牙本質有許多小管，裡面充滿神經細胞，所以吃到過冷或過熱的食物會刺激到神經，因而感到疼痛。硝酸鉀中的鉀離子可以在數分鐘之內，就輕易穿過琺瑯質及牙本質，進到牙髓，干擾神經傳遞疼痛的訊息，使患者不再疼痛。所以某些專治敏感性牙齒的牙膏中會添加硝酸鉀。」老師做了詳細的解說。

東緯覺得很不可思議，如果告訴使用這些牙膏的患者，你用的牙膏裡含有火藥的成分喔！不知他們有什麼感想？

第十章　草山

洪啟雲一口氣跑上草山。看看天色已晚，便在山腰茅草亭過夜。這座茅草亭是毛少翁社的族人所建，作為他們巡山時的休息地點。

幸好天氣很暖和，洪啟雲和衣躺在地上直接就睡了。

第二天一早，他在蟲鳴鳥叫中醒來，發現陽光已經非常刺眼了。在清晨的陽光照射之下，四周景物非常清晰。洪啟雲看到眼前的草地一片焦黑，他嘆了一口氣。「唉！又是清國政府放火燒的。」

北投和金包裡產硫，無論是西班牙人或荷蘭人都知道，也因此獲利。早在西班牙人來到之前，族人就會開採硫黃礦，然後賣給漢人。西班牙人占領臺灣北部期間，控制了硫黃的開採，他們用物品與族人交換硫黃，然後轉賣給漢人。荷蘭人則透過漢人買到硫黃後，再出口轉賣給其他國家。後來荷蘭甚至出兵，把西班牙人趕跑，獨享硫黃的利益。

鄭氏王朝因為駐紮在北投的士兵手腳潰爛，而認定是硫黃的毒氣造成的，因而把犯罪的人流放到這個地區，完全沒有想要開採硫黃。

清國統治臺灣後，也沒有真的想要把臺灣納入版圖，只希望臺灣不要發生動亂，影響到朝廷的安定就好。因此，自康熙二十二年起，禁止百姓採硫，以免製成火藥，壯大叛亂勢力。

然而，在康熙三十五年時，福州火藥庫失火，焚毀了硫黃和硝石共五十餘萬斤，清國官員郁永河於是來臺灣「採」硫，彌補損失。

不過，根據族裡的傳說。「他哪有採？他是用買的。」

原來，郁永河雖然在府城買了採礦的工具，但是完全沒有使用。而是用布匹和族人換硫黃。

「他們漢人來到北投，病的病，倒的倒，哪有力氣採硫？他們用七尺布和我們換一斛硫土，那段時間，北投地區所有熟番全部出動，不分男女老少，拚命挖硫土來和他換布。別的番社也會用艋舺載整船硫土來賣，直到他把焚毀的硫土補足，就回去了。」

明明禁採，卻又有官員雇工開採。標準的只許州官放火，不許百姓點燈，清國法律不受重視，事出有因。所以，利之所趨，百姓繼續盜採。清國乃委任毛少翁社看守這個地區，不准外人盜採硫黃。這項任務為毛少翁社帶來極大的困擾，因為那些盜採者都是亡命之徒，往往攜帶武器。毛少翁社領了官方津貼，自然依規定派人巡山，但是有時落單的巡山屯丁遇上成群結隊的盜硫者，往往被打成重傷。

到了乾隆五十一年，林爽文事件之後，清國官員更加恐懼。為了杜絕盜採硫黃，乾脆放火燒山。本來一年燒兩次，現在改為一年燒四次，每個季節燒一次。不但把硫燒掉，連植物也燒光，所以草山幾乎只有菅芒草能活下來。或許這就是清國官員放火燒山的目的，除了可以把硫燒掉，讓盜採者無硫可採外，還可以把樹燒光，剩下低矮的草，這樣盜採者將無所遁形。

洪啟雲望著被燒得一片焦黑的山頭，不勝唏噓。

硫坑不斷的飄出白煙，這些煙有嗆鼻的硫黃味。白煙碰到洞孔的泥土或植物就會沉積，變成黃色針狀的硫。這種硫最容易開採，直接挖下來，挑下山去賣就好了。但是每年燒山四次，洞口的硫所剩不多。現在這幾個洞口都覆蓋了用竹片和芒草編成的網子，這樣收集到的硫比較多。可見仍然有人在盜採硫黃。

洪啟雲由網子上抓下一把針狀的硫，放在耳朵旁傾聽，果然有輕脆的斷裂聲，這是品質很好的硫。因為手的溫度傳到硫針上，造成硫針膨脹而斷裂。據說當年郁永河就是用這種方法判定收購的硫品質好不好。洪啟雲把這些品質很好的硫抓了一些下來，裝入袋中。

洪啟雲望著硫坑旁邊，有幾處煎硫的灶還留在那裡，那就是盜採者煎硫的地方。郁永河雖然沒有採硫，但是卻有煎硫。如果收到的硫不夠純，就要用煎煮的方法提高純度。郁永河命人把硫搗碎，放入大鍋，再加入油，鍋子下方用灶加熱，硫受熱熔化，溶入油中，而與土分離。

根據族人的傳說：「郁永河帶領著幾名漢人煎硫。因為硫土很重，必須用兩根竹子綁成十字架，兩名工人各持一端，用力翻攪鍋中的硫土。鍋中硫的蒸氣不停的冒上來。那些漢人受到硫氣薰蒸，沒幾天就一個一個病倒，必須到別處去徵求新的工人。」

這時一隻大冠鷲猛然由高處掠下，再往上飛起時，爪子上多了一尾掙扎的蛇。洪啟雲看到大冠鷲的早餐有著落了，想到自己的肚子也餓了，就跑到竹子湖，找漢人買早餐吃。

竹子湖因為長了許多箭竹而得名，這些箭竹正是族人製造箭的材料。這裡另有許多孟宗竹，是族人燒木炭的原料。

這些漢人是幾十年前來到這裡，向北投社買地耕種。漢人的農業技術比較進步，在這火山地區種出了稻米、甘藷及茶葉。竹子湖土壤貧瘠，稻米一年只能收成一次，所以農家必須種其他雜糧增加收入。

洪啟雲常受媽媽囑咐跑到這裡買米，所以與農家滿熟的，尤其是其中有一對姓曹的夫婦，對人非常友善，洪啟雲都叫他們夫妻阿伯、阿姆。

他遠遠看到曹家煙囪炊煙升起，知道阿姆正在煮早餐。

「阿姆，我想買碗稀飯吃。」

阿姆一看是他，笑呵呵的說：「坐，坐，稀飯煮好了，你來了，我多煮一道肉絲炒箭筍給你吃。」

「箭筍？是箭竹的筍嗎？」洪啟雲無法把硬邦邦的箭和食物聯想在一起。

「我們漢人常把肉絲和竹筍一起炒，所以我想，既然竹子湖有那麼多箭竹，為什麼不把箭筍當成竹筍，和肉絲放在一起炒？結果，還滿好吃的呢！來，你嚐嚐看，合不合你的口味？」

這時阿伯也到田裡巡視過一趟回來了，便坐下來和洪啟雲一起吃早飯。

洪啟雲嚐了一口箭筍後說：「哇！真好吃，我敢說以後你們賣這道菜給來往的客人吃，就發財了。」

阿伯搖搖頭說：「這東西得來不易呀！雖然說，竹子湖箭竹很多，一年也有春秋兩季可以採收箭筍，但是要採箭筍必須在野豬走過的路上匍匐前進，而且箭筍外殼也很難剝除，總之，很辛苦才能得到一些箭筍。」

「那你就賣貴一點呀！」

飯後，阿伯邀洪啟雲一起泡茶聊天。茶是漢人的飲料，對洪啟雲而言，他還不能判斷茶的好壞，但是他喜歡泡茶時那種優閒的感覺。

一大早，天氣就熱，阿伯拿了一把淡黃色的團扇給洪啟雲，自己也拿了一把搧風。

洪啟雲對漢人使用的器具感到好奇。「這麼大的扇子是怎麼做的？」

「這叫葵扇，是用蒲葵的葉子做成的。」

「可是蒲葵的葉子是綠色的啊？」

「喔，蒲葵葉先晒乾，葉子會變褐色，這樣不好看。然後用焚燒硫產生的煙去薰它，顏色就會變淡，比較好看，又不會腐爛。」

「原來硫除了做火藥，還有其他用途啊！」洪啟雲一直都不知道。

「不只如此，我們漢人還喜歡用硫製成中藥，可以解毒、殺蟲和止癢。」

難怪漢人、西班牙人和荷蘭人都要收購硫黃。

喝完茶，洪啟雲起身告辭，並堅持要付餐費。但是阿伯不收，洪啟雲只好把錢留下，拔腿就跑。

他一路跑至八煙，這時，魚路上已經有漁民挑著漁獲走上來了。

金包裡、瑪鍊和野柳一帶的漁民都是利用半夜以竹火把的火光誘集魚群，所以天一亮就結束捕魚活動，必須送到芝蘭街來販賣。漁民們發現用船載漁獲，必須繞過海岸再走淡水河，路程較遠，除了浪費時間外，漁獲也會腐壞。於是漁民就先把魚蒸熟，然後從金包裡開始挑著漁獲，翻過草山，到達芝蘭街，只要半天時間。賣完魚後，再買些日用品帶回家，一天就過去了。因為這條路都是運送漁獲的漁民在走，久而久之，這條由金包裡經草山到達芝蘭街的山路，就被稱為「魚路」。

出於好奇，洪啟雲便問那漁民：「今天有什麼魚？」

「小兄弟，你運氣不錯，今天都是很高級的魚喔！有鱸魚和鰨沙（比目魚）。」那人放下肩上挑的籃子，掀開上面蓋的布，要讓洪啟雲挑選。

鱸魚他吃過，漢人都說受了外傷的人吃鱸魚後，傷口比較容易復原。不過依照他自己的經驗，受傷之後，只要有肉可吃，無論是鹿肉或魚肉，傷口都復原得不錯，他倒不覺得鱸魚有什麼特別的功效。

至於鰨沙就特別了，這種魚很扁，好像只有正常魚的一半，所以有的漢人稱牠為皇帝魚，據說是皇帝吃一半之後，不忍再吃，投入水中將牠放生，就成了這個模樣。

漁夫見他對鰨沙有興趣，就順口用閩南語唸了一段雜念仔：「鰨沙第一無路用，出門不敢領戰爭，歹運遇到鄭國姓，身軀予伊吃一邊。」

這種押韻的雜念仔，有趣又好聽。不必漁夫解釋，洪啟雲也能猜到這段雜念仔是在描述鰨沙生性軟弱，不過洪啟雲知道，鰨沙躲在沙裡，不是軟弱，而是在等待獵物一靠近就衝出來，把獵物吃掉；歌詞裡又把鰨沙扁平的身形歸因於被鄭成功吃了一半。

對於鄭成功的傳說，洪啟雲真是受夠了。鄭成功真正治理臺灣只有幾個月的時間，但傳說一大堆，而且愈來愈神。

首先，反清復明的觀念，他就不能認同。根據他看過的漢人戲劇，明朝的皇帝水準很差，比清國的皇帝還差。明朝亡國是活該，為什麼要反清復明？只因為明朝皇帝是漢人，而清國皇帝是滿人嗎？如果這樣的話，那麼臺灣的主人也要驅逐漢滿，恢復原民才對。

據長老們說，清國剛擊敗鄭氏時，為了打壓反清復明的思想，把鄭成功定位為「偽鄭」、「鄭逆」或「鄭寇」。到了康熙三十九年，皇帝才對鄭成功給予肯定，下了一道詔書說：「朱成功係明室遺臣，非朕之亂臣賊子。」從此鄭成功的評價才轉為正面。這幾年，清國的國勢由盛而衰，逐漸感受洋人的威脅，愈發懷念像鄭成功這樣能打敗洋人的英雄，於是官民一起努力推動造神運動。結果連劍潭、鶯歌石、蟾蜍山及龜山島等大自然的地景，全都成了鄭成功斬妖除魔的產物。不過，身為臺灣原住民族的一員，洪啟雲知道，這些魚、這些山、這些島，在漢人、洋人都還沒來到臺灣之前，就全都存在了。

第十一章 硫

今年已經到中秋節了，天氣還是這麼熱。

看著高掛的豔陽，爸爸說：「到山上走走吧！」他們不喜歡吃月餅，更不喜歡烤肉，這兩樣食物都對健康不好，而且烤肉也不環保。所以，他們決定去泡溫泉和吃美食。爸爸上網查到北投行義路某家溫泉餐廳的電話，便先訂了位才出發。

怪的是，車子開到劍潭時，天空竟然開始飄起雨來。車子前行至天母，左轉後沿北投行義路蜿蜒上山，雨也漸漸的大了起來。媽媽問：「空氣中已經有硫黃味了，你們聞到了嗎？」

到達餐廳所在的巷子口時，爸爸發現餐廳在斜坡下方，但是坡度好陡，他遲疑了幾秒鐘，不知道該不該開進巷子裡。

行義路一帶的溫泉餐廳他們吃過很多家，有很多家都是吃過一次，下次想再去時，發現餐廳已經倒閉了。本來上次找到一家，設備不錯，口味也可以的餐廳，但最後上來的一道湯，味素加得太重，又被大大扣分。

爸爸說：「我把車停在前面，我們走路下去好了。」

反正沿途有許多倒閉的餐廳，門口都變成停車位了，所以在路邊找停車位並不難。

真正走下坡時，又覺得坡度沒有很陡，不過媽媽還是認為停在路邊是對的。「不然，等一下吃完要上來時，在巷口要先停車觀察左右沒有來車，才能滙入幹道，到時候那麼陡的坡要上坡起步就麻煩了。」

餐廳附設的停車場，倒是停了三、四部汽車，別人都不覺得坡度太陡是個困擾嗎？這時候雨愈下愈大，他們急忙快步走進餐廳。

服務生問清人數後，就引導他們到大餐廳的某一圓桌前入坐，並問：「需要為您開冷氣嗎？」

桌子旁的窗戶是打開的，有風一直吹進來，旁邊幾桌的客人正談笑風生，顯然沒有人要求開冷氣，山上果然氣溫比較涼一點。「不必。」

服務生送來菜單。爸爸推給媽媽，急著說：「我要去泡溫泉了。」爸爸一向相信吃飽飯立即泡溫泉，會消化不良。

服務生說：「每消費四百元就可以讓一人免費泡湯，不過現在請你先買泡湯券，至少要兩個人才能使用一間。等一下用餐完畢，結帳時憑泡湯券的票根再從餐費中扣除泡湯的費用。」

附近的溫泉餐廳營業模式大同小異，爸爸沒有意見，就帶著東緯買票泡湯去。湯屋是包廂式的，裡面有一張大皮椅和一個浴池。爸爸和東緯把脫下來的衣物放在皮椅上。東緯先進入浴池，把塞子堵住，打開水龍頭，同時放熱水和冷水。

東緯問：「為什麼要規定兩人一間呢？我覺得一人一間比較不尷尬。」

「那是為了安全考量。」爸爸說：「我當兵時的軍團司令，後來當上情報頭子，就是在泡溫泉時心臟病發作而死的，因為他的身分特殊，當時還引發許多揣測。我自己也曾有一次在泡湯時差點發生意外。那時候，大學同學在新北投公園旁的大飯店聚餐，同樣可以免費泡湯，我一個人就跑到地下室大眾池泡，可能泡得太舒服，忘了中間必須休息，結果心臟很不舒服，旁邊全是陌生人，不好意思開口求助，只好慢慢起身，走到更衣室椅子旁休息，旁邊有許多人走來走去，沒有人發現我不舒服，我一直坐到恢復正常，才起身穿衣服，回到樓上包廂。看著滿室談笑風生的同學，恍如隔世。從此以後，我泡湯都會用手機設定鬧鐘，每泡十分鐘，一定起身休息一下，要泡再繼續泡。」爸爸把設定好的手機，放在浴池旁，然後伸手試試水溫，覺得可以後，就進入浴池。

「為什麼泡湯會引發心臟病呢？」東緯問。

「可能是水溫變化太大吧！根據研究，冬天泡熱水澡引發心臟病的人比夏天多。你想想，全身都泡在高溫的水，血管不就膨脹了嗎？血壓會因此而下降。」

東緯抬頭看著湯屋的屋頂，並沒有加蓋密封。「我覺得這樣隱私不夠。」

「其實不應該在密閉的房間裡泡湯。」

「為什麼？怕硫黃氣嗎？」

「那也是原因之一，不過還有更重要的原因。」爸爸說：「你先回答我，溫泉為什麼會熱？也就是說地熱的能量是怎麼來的？」

東緯在化學課學過。「是地底的放射性元素衰變產生的能量。」

「沒錯！氡氣是鈾衰變後產生的氣體，無色無臭無味。由於氡氣有放射性，會使人引發肺癌，美國環保署估計每年約有一萬四千至四萬名美國人死於與氡有關的癌症。溫泉水由地下流出時，也可能帶有氡氣，所以泡溫泉時絕對不能緊閉門窗，因為溫泉除了可能含有硫化氫氣體之外，也可能帶有氡氣。」

「哇！既然泡溫泉那麼危險，為什麼有那麼多人要花錢來泡溫泉呢？」東緯想到一張兩百五十元的泡湯券，就覺得很貴。

爸爸笑著說：「如果能以正確的方法泡湯，所有溫泉的缺點也可以變成優點喔！研究顯示，泡湯十分鐘，就可以使老人的運動力變好，心臟也更健康，有糖尿病的病人，如果經常泡湯，症狀也會改善，因為血液循環加快，胰島素把糖變成能量的效率也變好。」

「可是氡的問題，還是沒解決。如果只為了加速血液循環就好，不如在家裡泡熱水就好。」

「不對，因為很多老人在泡溫泉後，都表示疼痛症狀改善。日本的醫學專家，想了解這究竟是熱的功效，還是氡氣的功效。他們以兩組受測者進行實驗，比較溫泉的氡氣效應與熱效應，結果發現實驗進行到第六、七天時，呼吸氡氣那一組的超氧歧化酶（superoxide dismutase，一種氧化抑制劑）明顯升高，而脂肪過氧化物（lipid peroxide）和低密度膽固醇明顯降低，顯示氡氣治療可預防動脈硬化。這項結果顯示，氡氣治療與抗氧化有關，這或許可以解釋為何氡氣治療有如此廣泛的療效，因為氧化作用正是許多病痛的主要原因。」

東緯聽懂了。「所以只要不泡太久，不要在密閉的空間泡，溫泉對我們的健康就有很多好處。」

「沒錯！」

為了降低室內氡氣濃度，東緯乾脆把浴池旁的窗戶打開，窗外就是磺溪，有一處硫氣孔正冒著煙。

這時手機的鬧鐘響了。「起來吧！把身體沖一沖，不要把硫黃味留在身上。媽媽在等我們一起吃飯了！」

這頓飯吃得很優閒，因為窗外陰晴不定，一陣子大雨，隨即又出大太陽，有時候雨聲很急，窗外卻陽光燦爛，在這種怪天氣之下，反正不能到戶外玩，不如慢慢吃飯好好聊天。

幸好，到了下午兩點，雨已經停歇，陽光穩定的露臉。

爸爸便提議。「我們到龍鳳谷走走吧！」

龍鳳谷停車場就在幾百公尺之外而已，遊客中心前的路旁立了一塊碑，東緯走過去看看是什麼碑，上面寫著「清郁永河採硫處」。

爸爸問：「你知道郁永河是誰嗎？」

東緯點點頭。「阿公講過。」

「相傳這裡就是郁永河採硫的地點，不過碑是民國以後才立的。」

「他是從我們剛才開車的那條路來的嗎？」

「不，相傳他是搭艋舺到新北投，再由原住民當嚮導，沿現在的陽投公路上到這裡來採硫。」

東緯更正說：「……煎硫。」

他們沿著遊客中心旁的步道往硫磺谷走，兩邊有許多冒著煙的硫氣孔。

爸爸說：「我小時候到北投來玩時，還看得到挖出來的硫，一塊一塊，黃澄澄的，被堆放在空地，等著被運走。」

經爸爸這麼一說，東緯才想到。「對喔！為什麼現在沒看到有人在採硫呢？難道硫不再重要了嗎？」

「當然重要啦！85％的硫都被拿去製造硫酸，其他的硫則製成二氧化硫、二硫化碳等。硫酸是全世界產量最大的化工材料，因此被稱為是化學工業之母。還有，二氧化硫自古至今都被當成漂白劑，包括免洗筷……」

「難怪我會聞到免洗筷有一股刺鼻味。」

媽媽說：「使用免洗筷的餐廳，就是不入流的餐廳，會被我從名單中刪除。」

爸爸接著說：「還有金針，也是用二氧化硫氣體薰製，才能保持鮮豔的黃色。否則的話，植物從摘下來之後，都會慢慢變褐色，那才是正常現象。」

東緯記得有一次，有人送他們一包花蓮赤柯山買回來的金針，是褐色的。他還嫌它的顏色很醜，原來那才是金針應有的顏色。東緯現在也懂了，蒲葵的葉子也是用二氧化硫漂白的。

「二硫化碳是一種毒性很強的液體，不過它是製造玻璃紙和嫘縈的原料。」爸爸一談起商業製品就滔滔不絕。

東緯知道二硫化碳。國中時做硫的燃燒實驗，王老師一再交代，燃燒匙裡的硫粉不要放太多，否則不斷冒出來的有毒氣體太多，燒不完的硫留在燃燒匙上也很難清洗。

當時東緯就問：「不能用水洗嗎？」

老師說：「硫是非極性的分子，用水洗不掉。一般都是用二硫化碳才能洗掉，但是這種液體，易燃，揮發性大，毒性又強，我不會讓學生接觸這麼危險的化合物。」

這時候，天空又開始下起雨來。他們急忙沿原路走回遊客中心，進入室內躲雨。

東緯問：「既然硫的用途這麼大，為什麼北投不繼續採硫呢？」

採礦法是爸爸的專業，他毫不遲疑的回答：「許多貧窮的國家到現在仍然從火山地區採硫沒錯，而且仍然採用幾百年前的方式。但是先進國家已經改由石油裡提煉硫了。」

東緯知道化石燃料（包括煤、石油和天然氣等）含硫，而且是個環保問題，因為這些化石燃料中的硫燃燒後，會變成二氧化硫，成為酸雨的主要成分。所以石化業要想辦法脫硫。如果能從化石燃料中提煉出硫，豈不是一舉兩得？所以他對於其中的反應非常感興趣。「快告訴我，怎麼由石油中提煉硫？」

「化石燃料是古時候的生物遺骸變成的，裡面含硫雜質是有機硫化物，我們可以用加氫脫硫法打斷硫和碳之間的共價鍵。」

有礦冶背景的爸爸拿出筆，在紙上寫出了反應方程式：

$$R-S-R+2H_2 \rightarrow 2RH+H_2S$$

東緯看得懂，式中的**R**通常代表烷基，也就是說，經過這個反應後，有機硫化物變成烷和硫化氫。

「我們接下來再把硫化氫氧化成二氧化硫。」

爸爸又寫下第二個步驟的反應式：

$$3O_2+2H_2S \rightarrow 2SO_2+2H_2O$$

「最後，讓這兩種化合物反應，變成元素態硫。」

爸爸寫下第三個步驟的反應式：

$$SO_2 + 2H_2S \rightarrow 3S + 2H_2O$$

「好巧妙的設計啊！讓氧化態為+4和-2的硫，結合為氧化態為零的硫。」東緯看出，這種反應的逆反應稱為自身氧化還原反應。

他們走進展示廳。展示廳牆壁上布置了許多陽明山的生態照片，展示廳中央是個陽明山的模型。

有一位擔任志工的老爺爺很熱心的走過來，不等他們開口提問，就開始解說陽明山的地質。

這位解說員特別愛用發問的方式作解說，他劈頭就問：「你知道陽明山這附近總共有多少座火山嗎？」

東緯知道所謂陽明山只是一個通稱，並沒有一座山叫陽明山，陽明山國家公園橫跨士林、北投、淡水、三芝、石門、金山、萬里等行政區，實際上包括大屯山、七星山、面天山、中正山和紗帽山等山頭，於是他回答：「大概四、五座吧！」

解說員得意的說：「四、五百座還差不多。」

東緯知道自己說得不完整，但是硬要說有四、五百座，未免誇張，該不是每一個小隆起都要算吧？

解說員又說起，大屯火山群仍然是活的，只是人類的歷史太短，沒有記錄到它的噴發，這些東緯都知道。

最後解說員又說道：「大屯火山群附近不只有溫泉，還有煤礦。」

說到礦產，爸爸可熟了，他點點頭。

解說員又說起什麼「五指山層」、「木山層」等東緯聽不懂的名詞。

聽完解說後，他們向這位熱心的老爺爺表達謝意後，媽媽判斷短時間內雨是停不了的，決定下山去。「我們沿著陽投公路下到新北投，找一間咖啡廳喝咖啡吧！」

東緯完全同意。「嗯，我想看看當年郁永河一路走上來看到什麼景觀。」

第十二章 藍植物

大約中午時刻，洪啟雲已經跑到金包裡街。金包裡這個名稱來自凱達格蘭族的金包裡社。

他先到天后宮（現在新北市金山區的慈護宮）廟口吃午餐，這座新廟是七年前，也就是嘉慶十四年蓋好的，是金包裡居民的信仰中心。相傳幾年前，有一天夜晚，野柳港附近海域掀起狂風巨浪，許多船隻因而迷航，幸好看到岸邊有紅光，才能平安返航，當地漁民朝著紅光尋找，在低於海平面的海蝕洞（現在的野柳媽祖洞）裡發現一座金光閃閃、慈眉善目的金面媽祖神像，村民就結草立壇奉祀。但媽祖指示，為護佑四方，立廟於金包裡街較適宜。金包裡居民聞訊，歡欣鼓舞，便捐地出錢，建立天后宮，可是附近原來就有一座小廟在供奉媽祖。於是把小廟媽組迎入，稱為大媽，野柳媽祖則為「二媽」。而這尊媽祖每年農曆四月十六日都必須回野柳的娘家作客。所有的宗教神蹟幾乎都與光有關，洪啟雲覺得滿有趣的。

洪啟雲吃完午餐後，跑過金安橋（現址為金聲橋），繼續往海邊奔馳。這座橋是四年前由汛官江名芳等人捐錢建造的木橋，橫跨在金包裡溪上，有了這座橋，大家就不用涉水而過了。洪啟雲覺得一名武官能捐錢做地方建設，實在是不錯的好官，可見清國也有一些好官員。

金包裡汛屬淡水水師營管轄，所以也設在海邊。為了王大人即將前來校閱，全汛官兵也正在操練。洪啟雲找到汛官討論完接待王大人之事宜後，便向他表達欽佩之意。

沒想到汛官江名芳苦笑著說：「別提了，沒想到這座橋現在成為頂街與下街鬥毆的場所，實在是始料未及。」

洪啟雲不了解他的意思。「為什麼？」

「金包裡溪把金包裡街分成頂街及下街，天后宮這一頭稱為下街，靠崙仔頂那一頭稱為頂街。頂街的人屬於福祿派；下街的人屬於西皮派……」江名芳娓娓道來。

這件事，洪啟雲倒是略知一二。臺灣的漢人村莊都有演練曲藝及武藝的業餘社團，稱為子弟團。演奏長江以北的音樂為主的北管傳入臺灣後，北管子弟團的數目最多。這幾年在噶瑪蘭的北管分為西皮與福祿兩派。西皮就是蛇皮的意思，以蛇皮包桂竹筒製成胡琴；福祿是葫蘆的意思，以椰子殼製成狀似葫蘆的胡琴。兩派除了演奏的樂器不同，信奉的神明也不一樣，經常為了拚館而打架。

江名芳說：「這幾年，兩派的鬥毆風氣也由噶瑪蘭傳到金包裡來，一旦發生衝突，頂街和下街的人就到金安橋談判或打架，有時還必須出動本汛的官兵出來維持秩序，直是傷透腦筋。」

洪啟雲只能陪他苦笑，然後就告辭離開，繼續往瑪鍊奔跑。

瑪鍊這個地名來自巴賽族。瑪鍊汛的士兵屬於步卒，正在練習打靶。洪啟雲很快跟汛官討論完事情，立刻又拔腿往暖暖跑，他希望今晚能在暖暖鋪過夜，不必在野外睡覺。

他跑過海邊時，見到許多漁船停在港內休息，這些船都是以搖櫓為動力的舢板船。其中有些船兩側插著整排的竹製火把，當然現在還沒把火點燃；有些船上掛著畚箕網。現在港口靜悄悄的，要等天黑才會熱鬧起來。這裡的漁船以三艘為一組，分別稱為火船、罟母船和罟仔船。每艘船會有四名海腳（船員），每次捕魚至少出動十二人。火船會划到潮流的上方，點燃竹火把，誘使魚群和小管等向火光集中。罟母船和罟仔船則由潮流下

圖 12-1

方兩側，拉起畚箕網，把魚群網住（如圖12-1）。

洪啟雲停下腳步，仔細觀察這些船上的設備，覺得漢人捕魚比族人用心思，他們採用集體合作，捕到的魚數量也比較多。

離開漁港後，洪啟雲繼續往東南方跑，在黃昏時分就跑到暖暖了。

暖暖這個地名來自凱達格蘭族的暖暖社。此地位於滬尾與雞籠之間，在族人的語言中，「暖暖」就是間隔的意思。

這裡是河流（基隆河）航運的終點，因此成為交通樞紐。族人會用山上的木材製成木炭，然後載往艋舺販賣。而附近十分寮、平溪和柑仔瀨的茶葉和藍靛（天然的青色染料，用藍草的葉子浸水加石灰沉澱而成）也用人力挑送到此處，然後經艋舺，銷往唐山各大城市。

洪啟雲看到沿路種了不少低矮的綠色植物，細細的葉子大約9∫13片交錯長在葉柄上，淡紅色帶柄花朵正開放著，他認得這是木藍。另一種葉片較大，花朵不帶柄的則是山藍。木藍又稱為小菁，山藍又稱為大菁，都是製造藍靛的植物。不過這種稱呼很混亂，不同地點的藍染坊口中的大菁、小菁可能指不同的植物。藍靛是一種珍貴的藍色染料，種植藍植物有利可圖。漢人在平地種水稻，在山地則種木藍或山藍。從暖暖到十分寮一帶都種了許多藍植物。

暖暖街上有買賣藍靛的菁行，也有借貸金錢給菁農的商行。草山地區雖然也產藍靛，但會送往芝蘭街販賣，而不會送到暖暖來。

據說暖暖生產的藍葉品質很不錯，一百斤的藍葉，可以製得三〇斤的泥藍。

漳州人先到達雞籠，居住在港口一帶；泉州人則居住在暖暖和七堵一帶。雙方以獅球嶺為界，互不往來。泉州人信奉的保儀大夫，絕不會越界到獅球嶺的另一端。所以暖暖地區有句俗話說：「保儀大夫不過獅球嶺」。

洪啟雲覺得漢人實在很喜歡內鬥，不但閩粵之間要鬥；同樣是閩人，漳州泉州之間要鬥；連演奏不同樂器也可以鬥。一旦鬥起來，往往動刀動槍，血流成河，這麼野蠻，真不知有什麼資格稱呼別人是番？

洪啟雲這時候看到路邊有一塊碑，上面寫著：「奉禁私挖煤炭者立雞屎」。

草山附近有多處煤礦，像他今天上午在金包裡，就曾經過一處，地名為烏塗炭，就是有煤礦的地方。漢人稱煤為土炭，烏塗炭就是黑色土炭的意思。雞籠一帶煤礦更多，暖暖、八斗子都產煤。據說西班人占領臺灣北部時，就曾開採煤炭，而荷蘭人占領臺灣期間，更用雞籠的煤炭煉鐵。洪啟雲聽人家說，洋人會如此富強，全靠煤和鐵。不過清國治理臺灣後，對煤炭也是一個「禁」字。這座碑文說，只要抓到私挖煤炭的，當場處死。這麼嚴厲的處罰，就代表私挖的情形十分嚴重。因為挖到的煤可以運到港口，偷偷賣給洋人，所以雖然官方以死刑威脅，仍然有私挖煤炭的人。

因為是私挖，不可能明目張膽，所以只能用鋤和鏟，小規模、淺淺的挖，挖出來的炭裝進竹簍子，用繩子拉上地面。

洪啟雲想試做火藥，已經有硝和硫黃了，還差炭，他想想，既然這種偷挖的炭品質不好，還是用木炭好了。正好路邊有一處木炭窰，他就停下來察看。

木炭窰很大，人可以鑽進去。此地的族人用相思木製木炭，先把相思木劈成一段一段，放入窰中，整齊架好，然後在窰內點火，人退出窰外，把出入口封死，只留窰的上方有一處煙囪。窰內的相思木在高溫下分解，冒出陣陣濃煙，這樣長時間悶燒，直到濃煙消失、火燄熄滅。再放一段時間，等待窰內溫度慢慢冷卻，就可以打開出入口，把燒好的木炭搬出來，送往外地販賣。整個製造木炭的過程，叫燒火炭。

窰邊散落了許多碎的木炭，洪啟雲撿了一塊，放入袋中，等有空時磨成細粉，就可以使用。

他繼續跑，已經來到暖暖街上了，街上十分繁華。暖暖是交通樞紐，商家生意興隆，造就了許多富翁，本地有句俗語說「九萬十八千」，就是形容當地富人很多，財產達萬金以上的有九家，財產達千金以上的有十八家。

他先到暖暖塘，把公文拿給營區的士兵看，但是無人理睬，也不見士兵在操練。原來這暖暖塘是由三爪子汛管轄，是個很小的營區，總共只有十名士兵。連一名軍官也沒有，他們對洪啟雲出示的公文，並不理會。

洪啟雲表示王大人大約將在四十天後前來視察。

衛兵冷笑一聲道：「哈，他們軍官才怕大官，我們小兵不怕，這裡天高皇帝遠，那麼大的官才不會到這裡來呢。」

洪啟雲見對方冷淡，只好離開，看來暖暖塘的士兵也不可能留他吃晚餐，他想憑公文到暖暖鋪過夜應該沒問題。

暖暖鋪在街頭，不過他想到臨時來投宿，鋪兵未必有糧食分他吃，不如到街上買兩顆包子。暖暖街尾有一間安德宮，洪啟雲想到那裡要一杯茶，配著包子吃。

當初泉州安溪人溯河來到暖暖做生意時，為了保平安，船上都會安放媽祖、保儀大夫和清水祖師三尊神像。後來聚居在暖暖的泉州人愈來愈多，就在十五年前，也就是嘉慶六年，在暖暖街上，用木材蓋了一間廟，奉祀這三尊神明，並取名為安德宮，或許其中的「安」字就是來自「安溪」。

洪啟雲踏上廟前由石板鋪成的廟埕，回頭往南方的西勢望去，眼前連綿的山峰，好像漢人使用的筆架。「嗯，這裡風景不錯，就坐在這裡吃吧！」

廟門口石獅旁有一個木桶上面寫了「奉茶」兩個字，桶子旁有個瓷碗。洪啟雲倒了一碗茶，就坐在廟埕石板上優閒的吃著晚餐。

這時候廟公看到他，便端了一只瓷杯走過來打招呼。「小兄弟，那桶茶放了一整天，冷掉了，我另外泡了一杯熱茶給你。」

洪啟雲急忙站起來，恭敬的用雙手接過來，並連聲道謝。

廟公是一位四十多歲，清瘦的阿伯，他陪洪啟雲一起坐在廟埕聊天。洪啟雲談起，他沿路看到很多藍植物，廟公說他當廟公之前也是菁農。

洪啟雲問：「是因為年紀大才改當廟公嗎？」

廟公嘆了口氣。「唉，不是。其實是被商行利息吃倒了，不得不放棄啊！借一元，每個月都必須還百分之二的利息，一年之內就要付百分之二十四的利息，最後賺的錢都被商行拿走了。借錢還得看臉色，商行會看農人種的藍植物產量大不大，而決定可以借多少錢。藍產量愈多的，可以借到愈多錢。像我這種小農，根本借不到什麼錢。」

「種菁要花很多本錢嗎？」洪啟雲不太懂漢人種植的方法，他看爸爸種東西，只要挑好土地，種下去就等收成，平日只是到田裡巡視，拔拔雜草，不必考慮太多因素，還可以兼顧捕魚和打獵。

廟公似乎有一肚子苦水。「要花的錢可多啦！從種植藍植物到製成染料，需要許多工具。例如割葉子的鐮刀，稱為菁堀；攪拌藍液用的攪拌器，稱為菁浪；撈取浸泡用的藍葉，要用葉掬器，又稱湖梳；過濾藍液，要用黃麻製成的布袋；取水及溶解石灰都用要桶子；石灰也要花錢買。這些器具大多向水返腳或頭圍等地購買，加上運費，價錢都不低。農人看天吃飯，有時候颱風一來，就什麼都掃光光，血本無歸，好不容易收成了，賺到的錢必須還給商行，剩下也不多了。」

原來務農也這麼辛苦，洪啟雲安慰了他幾句，看天色已黑，便起身告辭，往街頭的暖暖鋪走去。

第十三章　藍與黑

又到了校外教學的時間了，這次的目的地是到暖暖的一家農場做藍染。因為主題是自然科學，今天輪到化學科王老師和地球科學的呂老師共同帶隊。

當校車停在暖東峽谷的停車場時，同學們都有點驚訝。「不是到農場校外教學嗎？怎麼到暖東峽谷？先郊遊嗎？」

東緯也覺得訝異，他曾和爸媽來過暖東峽谷兩次，第一次很好玩，他記得一路上花開蝶舞，小橋流水，風景秀麗。山上風大，很涼爽宜人。但是第二次來時，明顯察覺這個風景區沒落了，各種設施殘破不堪，乏人照顧，令人遊興全失。今天是第三次來了，但是……說好的農場呢？

王老師笑著說：「別急！農場就在峽谷裡。」

「有這種事？我來過兩次都不知道裡面有農場。」

王老師說：「農場主人也知道一般散客不太可能自行前往，所以只接待像我們這樣事先預約的學校團體。」

「這麼說來，機會難得囉！」

「沒錯，你們一定會喜歡。」

老師帶他們涉過小溪，又走了一段很陡的山坡，才到達農場。

農場有一間鐵皮屋，屋前是一個廣場，許多同學就在廣場上追逐並玩起遊戲來。農場主人聽到喧鬧聲，便走出來招呼大家。

王老師為大家介紹農場主人。「這位就是老闆，不過今天要請他教我們藍染的技術，所以我們要稱呼他老師。」

同學們一起大聲的叫了一聲：「老師好！」

藍染老師是一位禿頭的大叔，說話時臉上掛著微笑。他先自我介紹，他本來是從事礦業，退休後就在自家土地上種植山藍。「含靛藍素的植物雖然不少，但是並不是每一種都適合用在藍靛的生產。一般而言，適用於大規模藍靛製造的植物，主要有四種：木藍、菘藍、蓼藍和山藍。臺灣的藍植物主要有兩種：木藍和山藍。本農場種植的是山藍，又稱大菁。」

東緯悄悄的問王老師：「靛藍素是什麼？」

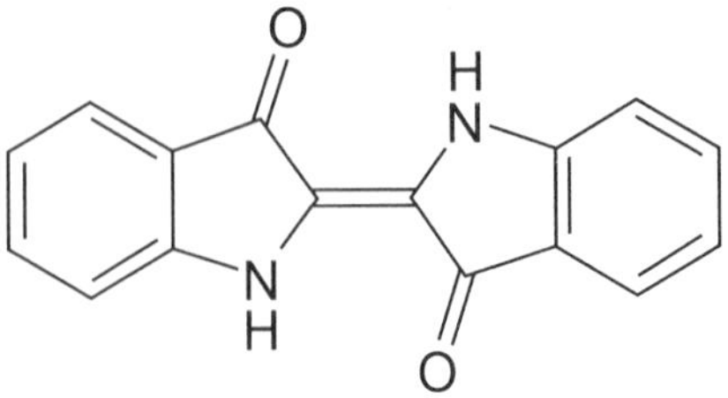

圖 13-1

王老師隨手在紙上畫下靛藍素的分子結構（如圖13-1）。

東緯看出這個分子有酮基（-C=O）和胺基（-NH），其中胺基可以與水形成氫鍵，增加分子在水中的溶解度，但是分子中含有十六個碳原子，分子太大了，造成它難溶於水。

藍染老師接著講解由藍草到泥藍的製作過程。「暖暖地區潮溼多雨，適合種植山藍。我們通常趁清晨露水未乾時，就摘取藍植物的葉片，然後修剪、清洗和浸泡。浸泡過的藍葉如果有腐爛的要先丟棄，然後加入石灰水，快速攪拌後靜置。接下來，將上層水流掉，只要下層的泥藍。」

這時候東緯又有疑問了，他小聲的問身旁的王老師：「如果泥藍沉在水底，表示它難溶於水，那怎麼染布？」

王老師驚喜的說：「太好了，你一下就看出藍染的困難，不簡單。靛藍素本身難溶於水，必須先讓泥藍還原成可溶性的狀態，才能染色。所以東方的藍染工人稱藍草為『憂慮草』，這是形容藍染是一件困難度很高的工作。西方藍染工人有的會先把泥藍浸在發臭的尿液裡，有的會加入鉾作為還原劑，結果把工作環境搞得很惡劣，危害工人的健康。十九世紀時，英國詩人華茲華斯的半自傳長詩《序曲》中，還曾描述家鄉藍染工人的惡劣工作環境。」

東緯曾到英國湖區旅行，當時看到書店裡有大量華茲華斯的詩集，才知道他的故鄉在湖區，不過對東緯而言，英文已經有點困難，何況是英文古詩？所以他並沒有買華茲華斯的詩集。現在他倒是對古代的臺灣人如何處理這個難題很感興趣，他請王老師繼續說下去。

「臺灣人的做法是將泥藍浸入水中，加入石灰或草木灰等鹼性物質，然後加入含糖或酒粕等營養液，培養藍液中的微生物。在浸泡二、三日後，藍液漸漸發出臭味，代表發酵了。這時繼續加入草木灰，徐徐攪拌。

再過兩三天，液體會變成綠色，成語『青出於藍』就是描述這個現象。這表示靛藍素已經開始變成可溶性無色的還原態，大約再過十幾天，就可以用於染色了。」

王老師把原來的靛藍素結構稍做修改（如圖13-2）。「這就是還原態靛藍素的結構，告訴我你看出什麼？」

東緯想了一下，雖然這是高三選修化學的內容，但是因為他想參加化學學科能力競賽，所以老師拿了兩本書，讓他提早閱讀，書中有提到這一類型的反應。「酮基被還原為二級醇了。」

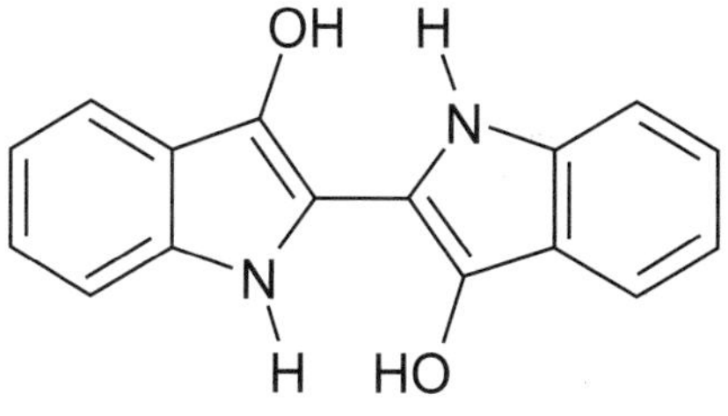

圖 13-2

「太好了，我送你那兩本書，你不但看了，而且懂得學以致用。」

東緯繼續發表他的領悟。「多了兩個醇基（-OH），就增加氫鍵的數目，所以對水的溶解度增大了。我猜無論是歐洲人用的尿液或臺灣人用的糖及酒粕，都是為了培養能產生氫氣的細菌。此外，鋅是兩性元素（可以跟酸、也能跟鹼反應的物質），把鋅加到鹼液中，也會產生氫氣。所以真正的還原劑應該是氫氣吧！」

「沒錯，某些嗜熱厭氧菌會產生氫氣，所以這些菌發酵時，可以使靛藍素還原。」

「但是，老師，您說還原態是無色，卻又說液體變綠色，這不是矛盾嗎？」東緯又發揮他追根究柢的精神了。

「泥藍中靛藍素含量大約只占2～10％，葉子中還有其他各種色素，尤其是葉綠素最多，所以靛藍素變成無色後，浸泡液呈綠色，很合理啊！」

這時候，藍染老師也把全班同學帶進鐵皮屋裡，指著一桶深綠色的水。「由藍葉到染料需要很長時間的準備工作，所以必須事先預約，我們才能提早準備，這一桶是我為各位準備的染料。接下來，我來講解藍染的方法。」

「老師，你說藍染，可是這桶水是偏綠色的啊？」蘇南昱似乎擔心老師的染料沒調配好。

「沒錯，這就是藍靛的特性，等我們染好，把布由水中取出時，它一接觸到空氣，就會變成藍色。」

同學們恍然大悟的說：「啊！是氧化。」

東緯知道還原態的靛藍素被氧化成難溶的靛藍素了，這樣的染料經過水洗才不容易褪色。

藍染老師看了王老師一眼，笑著說：「答對了，看來你們化學課學得不錯。」

接著藍染老師開始教大家染布的方法，只要把白布對摺幾次，然後抓出一小撮布，用冰棒棍和橡皮塞綁緊，接著浸入染料水溶液中，白布就會吸收染料，只有綁緊的部分吸收不到染料，仍然呈白色。把布由水中撈出來後，取下冰棒棍和橡皮筋。由於布對摺了好幾次，所以出現美麗的對稱圖案。

同學們把染好的布晾在繩子上，形成一片藍白旗海，大家忙著評比誰染的圖案最漂亮。

「現代人不用藍靛染布了嗎？」因為種植山藍的農場位於如此偏僻的山區，蘇南昱想知道這個行業沒落的原因。

老師拍拍他身上的牛仔褲。「不會啊！我這條褲子就是用藍靛染色的啊！目前全球每年大約要生產幾萬噸的靛藍素，大多用來染藍色的牛仔褲。何況靛藍素不但可以染布，還可以製作顏料。」

「那為什麼農民不再種山藍了呢？」

「唉，自從十九世紀末合成的靛藍素商業化之後，天然的靛藍素市場就崩潰了。不過藍植物也不是完全沒有用途喔！有一種中藥材叫青黛，是用藍植物的莖或葉製成；另一種板藍根，是用藍植物的莖或根製成。根據中醫的說法，這兩種藥材都有清熱解毒的功效。」

東緯記得到北京旅遊時，導遊還帶著大家到中藥店買板藍根，說是治感冒有效。由於他很少感冒，一直沒試過那種藥，最後不知是送人還是丟了。所以他現在很好奇的問：「真的有效嗎？」

「嗯，比你想像的還好呢！最近的研究顯示青黛有治療骨髓性白血病的功效，而其中最有效的成分不是靛藍素，而是結構和它相似的紅色色素

——靛玉紅。」老師邊說邊畫出靛玉紅的分子結構（如圖13-3）。

東緯一看，不禁啞然失笑，靛玉紅只不過是把靛藍素的右邊一半切下來，做點修改，轉個角度再接上，竟然顏色和藥效都不同，化學真是太有趣了。

參觀完農場後，回到校車，換成呂老師指揮。「接下來，我們要去平溪參觀煤礦博物館。」

蘇南昱說：「老師，在同一條路線上，我看到一個路標上寫著『菁寮坑礦業生態園區』，而且距離只有二公里。暖暖就有煤礦可以參觀，何必跑到平溪去？」

呂老師笑著說：「沒錯，暖暖就有煤礦，或者說

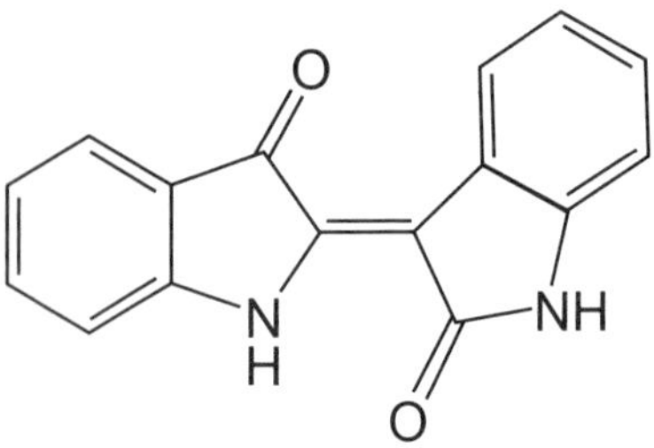

圖 13-3

整個基隆到處都有煤礦，但是現在臺灣沒有一座還在營運中的煤礦，全部歇業了。基隆的煤礦沒有保存好，雖有幾處號稱礦業園區，但是只剩下廢墟，沒有參觀的價值。倒是平溪還保存得不錯，雖說地址屬於新北市，其實距離這裡只有四公里。」

東緯聽到蘇南昱和呂老師之間的對話，由地名聯想到幾個問題，便舉手問呂老師：「我有兩個問題，第一，茎寮坑這個地名是不是由腦寮演變來的？第二，我上個禮拜和爸爸到陽明山參觀時，解說員提到什麼『木山層』，請問木山也是地名嗎？」

「沒錯，茎寮就是腦寮演變而來，可見以前這裡曾經是煉樟腦的地方。木山指的是基隆的外木山，也是地名。」

東緯曾經到過外木山海水浴場遊玩，他很難把陽光、沙灘、比基尼和烏漆嘛黑的煤炭聯想在一起。

呂老師繼續說明：「木山層是地質學上的一個名稱，是下部含煤層，因露頭位於基隆外木山地區而得名，大約在二千三百萬年前形成。臺灣另外兩個含煤層為石底層和南莊層，分別是中部及上部含煤層。石底層是以平溪區石底村命名，暖暖的煤礦其實屬於石底層。南莊層的名稱來自苗栗南庄，這樣你們就可以大致了解各層分布位置。臺灣生產的煤主要是煙煤。」

東緯在化學課學過，最好的煤是無煙煤，煙最少，火力最大；其餘依次為煙煤、褐煤和泥煤，隨著年代愈新，碳化程度不夠，煙愈來愈多，火力愈來愈小。這麼說來，臺灣的煤算第二級的，不是頂好。

校車到了平溪十分瀑布附近後，要走一小段階梯上坡。進入園區後，老師先帶同學們去體驗礦工搭乘的五分車，由月臺搭車到坑口。

下車後，礦場的解說人員先說明各色安全頭盔所代表的意義，便要求同學們戴上頭盔，進入當初訓練新進員工用的模擬坑道，體驗礦坑內陰暗的情況。

雖然這間礦場在一九九七年起就停止開採，但是正如呂老師所說，它保存得很好。煤礦博物館展出的內容十分豐富。展館裡還展示了礦工使用的開採工具、防毒面具和空氣壓縮機等。解說人員還解釋了炸藥的使用時機。但是最令同學們印象深刻的是礦工的辛苦。原來臺灣的煤層只有30～50公分厚，所以礦工進入地底後，必須以匍匐前進的姿勢慢慢爬行至坑道最深處工作。在四、五百公尺深的地底工作，既逼仄、悶熱又黑暗。需要多大的勇氣，才敢從事這樣的工作？

解說人員說：「據估計，這個礦坑有五千多萬噸的煤，只開採了一千多萬噸，還不到三分之一，我們目前仍有採礦權，只是不再開採。」

「為什麼？」同學們很好奇，為什麼還有那麼多煤，卻放著不開採。

「剛才提到，臺灣的煤層只有30∫50公分厚，開採成本高，風險又大，不如向外國購買。」

最後，解說人員指著一張照片說：「這種開採方式叫長壁法，利用相思木頂住坑道，萬一坑頂要塌了，相思木受壓，會發出聲響，礦工就要趕快逃命。所以礦工們有一句話說『相思仔若號，人就要走』。」

旁邊的另一張照片是堆積如山的相思木。東緯望著兩張照片凝思，他心想，煤是古代的植物經過數千萬年慢慢碳化而形成的；而相思木是現代的植物，在缺氧的情況下乾餾，也會碳化變成木炭。煤與相思木就像碳的前世今生，而相思木竟然還負起保護採煤工人的重責，這樣的因緣不是太奇妙了嗎？

第十三章　藍與黑

第十四章　三爪子

暖暖鋪是個忙碌的遞送站，這裡來往的公文多，許多鋪兵外出送郵件，便在外鋪過夜，空下來的床鋪，來往遞送公文的鋪兵都可以借宿。每個人都跑了一整天的路，疲憊不堪，進入鋪裡，大多稍事梳洗，接著倒頭就睡。

洪啟雲出示公文後，便獲准進入，他看無人搭理，也倒頭就睡。

第二天一早，他又到暖暖街上吃早餐。今天路程短，不必急著趕路，所以飯後他又到安德宮找廟公，優哉的喝茶。閒聊了一會兒之後才啟程，沿河邊往三爪子的方向跑，大約一個時辰之後，就跑到三爪子坑了。

這一帶人煙稀少，但是傳聞有黃金，洪啟雲也不知道這傳聞是真是假。臺灣產黃金的說法流傳已久，荷蘭人占領澎湖時就曾派人到卑南找尋金礦，並且率領六百名卑南人要到噶瑪蘭地區尋金，但是因為鳥的叫聲不祥，所以卑南人不願意陪荷蘭人前去而作罷。到了鄭氏時代，為了籌措軍費，強迫番人作嚮導，要到卑南尋金，番人不肯，不久之後，鄭氏王朝就滅亡了。清國統治臺灣，對採金的態度，仍然是一個「禁」字。不過禁與不禁，其實沒差，因為漢人一直找不到黃金，只有番人偶爾在三貂嶺附近溪水中拾獲，或是善於游泳的番人潛到水底尋找，找到的黃金大小不一，番人也不知道黃金有什麼用途，只知道這種金屬罕見，而且閃耀美麗。得到黃金的人就把它藏在家中的瓦甕裡，偶爾取出來，供親友觀賞而已。

嘉慶十二年，海盜朱濆攻占蘇澳，當時的臺灣知府楊廷理帶兵欲前往噶瑪蘭剿匪，路過此地，在此宿營一夜，因深感生番出沒，十分危險，第

二年就在此處設立三爪子汛，加強山區的防務。所以三爪子汛配備了許多火器，洪啟雲想開開眼界。

他來到營區門口，出示寧靖給的公文後，便被引入營區，與三爪子汛的長官林外委見面。

所謂外委是清軍裡最低階的軍官。算是額外多出來的職位，做的是軍官的工作，但是領的薪水比正式的軍官少。

林外委，名叫盡義，是個英挺的青年，臉上隨時掛著微笑，也許因為職位低，沒有一般軍官的架子。

他看完公文後，對洪啟雲說：「沒問題，我們汛裡的官兵正嚴格操練，等待王大人前來校閱。沿途護衛工作雖有淡水營負責，但是只要在三爪子一帶發生警訊，本汛官兵自然會出動維護大人安全。你跑了好幾天才到我這裡，不如中午就在營裡吃完飯再上路吧！」

由林外委的口音聽來，他也是福建人。派到臺灣來的綠營軍官，似乎大多是中國沿海省分的人。

洪啟雲謝謝他的好意後，見他人很親切，便問道：「請問這段時間，我可以四處走走，看你們操練嗎？」

林外委點頭說：「好啊！本汛地處深山，平日很少有人來拜訪，難得你來，我很開心，我帶你四處看看吧！」

於是洪啟雲跟在林外委身後，往士兵們操練的空地走去。

他前天看過淡水營水師操練，與今日之三爪子汛步兵操練，便有所不同。水師著重在駛船把舵，控制船帆，爬桅泅水。而步兵著重行進間的步伐必須整齊劃一。他們演練戰技時，一手持藤牌，一手舞刀劍，接著還要練習騎馬射箭。不過，不論水師還是步兵，都要練習用鳥銃打靶。

三爪子汛總共只有十名士兵，除了伙夫在廚房準備大家的午餐外，其餘的人全都聚在一起練習打靶，林外委為洪啟雲解釋操練內容及評分重點。

林外委苦笑著說：「王大人非常嚴格。澎湖是第一站，大家不知道他玩真的，結果下令操演，很多官兵平時鬼混久了，不論騎馬、布陣、射箭或鳥銃打靶，樣樣達不到王大人要求的標準，駐守澎湖的都司，立刻被王大人降級哪！消息傳來，誰敢不認真操練，現在全島的官兵，都戰戰兢兢的操練戰技呢！」

都司算是高級軍官了，連都司都被降級，難怪林外委很緊張。洪啟雲並不在乎誰被降級，清兵本來就太鬆散，是該有人來整頓一下軍紀了。

想到這裡，洪啟雲忍不住把暖暖塘士兵懶散的情形告訴林外委。「你再努力也沒有用，要是暖暖塘的士兵無法達到標準，你也是會受到處罰的。」

林外委氣得咬牙切齒。「那幾個士兵很可惡，我有交代他們這幾天要振作起來，好好練習戰技，想不到仍舊我行我素，明天起，我將要令暖暖和三爪子兩地士兵每隔幾天就輪調一次，務必要讓他們每個人都到這裡來接受嚴格訓練，以免他們繼續鬼混下去。」

洪啟雲目不轉睛的觀察士兵們打靶，因為他注意到清兵使用的槍和他懷中這把槍不一樣，除了是長槍，以及槍身漆成紅色之外，仍有許多不

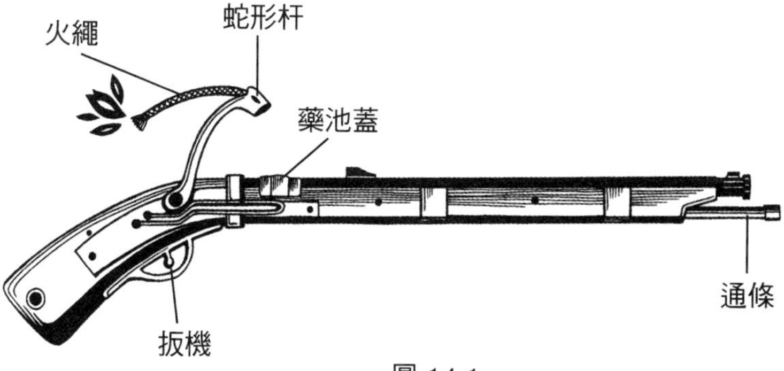

圖 14-1

同。這些槍的藥池上方有一個蛇形杆，夾著一段繩子（如圖14-1）。洪啟雲回想起來，在竹塹城外獵鹿的那名漢人用的也是這種火繩槍，但是薛爾克送給他的槍並沒有火繩。

洪啟雲問林外委：「可以為我講解一下你們這種槍的用法嗎？」

林外委笑著說：「可以！我讓他們一步一步操作給你看。」

士兵們身上掛著一串小火藥瓶，在林外委的口令之下，士兵把其中一個火藥瓶的蓋子打開，倒入槍管中。

林外委解釋說：「為了避免火藥倒得太多或太少，我們事先稱好火藥的分量，裝在瓶中。」

接著士兵們把用紙包住的彈丸投入槍管中，再用捌杖（通條）壓緊。接著打開藥池的蓋子，倒入一些火藥。這時候才點燃火繩末端。

林外委解釋說：「在戰場上，太早點火會被敵人發現行蹤，而且若是不小心引燃火藥，會發生傷亡意外，所以都是等到要開槍時再點火。」

接著士兵們瞄準靶心後，閉上眼睛，扣下扳機，蛇形杆把燃燒的繩子末端推進藥池蓋上的細孔，點燃藥池裡的火藥，引發爆炸，在一陣濃煙和火花之中，槍管裡的彈丸飛出槍管，射向靶心。

洪啟雲問：「他們在扣扳機時，為什麼閉上眼睛？」

「因為藥池上有個小孔，雖然在引爆那一瞬間，有火繩塞住小孔，但畢竟沒有完全密閉，所以引爆時，整個藥池上方有一團煙和火，士兵要是不閉上眼睛的話，眼睛會被灼傷。」

洪啟雲回想薛爾克在開槍時，只有槍口冒出煙和火，藥池上方雖然也有煙和火花，但是因為是手槍，薛爾克在射擊時手臂平舉，煙和火花離臉很遠，比火繩槍安全多了。他想到那一團煙和火籠罩在臉部的景象，就不寒而慄。有機會他想試著擊發薛爾克送的手槍，至於火繩槍，就不必了。

這時候，開完槍的士兵退到下一列，清理槍管中的火藥。原來站在第二列的士兵則向前一步，開始裝填火藥。

雖然槍的威力比弓箭大，但是重新裝填火藥實在費時，洪啟雲對槍的熱情已經冷卻了一半。

看完士兵打靶後，林外委邀洪啟雲一起到膳房用午餐。走過一門炮時，洪啟雲發現這門炮比他在滬尾紅毛城見到的小。三爪子這一門炮，炮身只有三道隆起，共有兩個輪子，兩側各有一輪。鑄造材料也不同，淡水的炮是鐵鑄的，三爪子這門炮是銅鑄的。不過兩門炮都是炮口狹窄，後半部較粗。

林外委聽完他的疑問後，笑著說：「滬尾炮臺那一尊是紅夷炮，這是明朝模仿歐洲大炮的型式所造，我朝建國後仍繼續沿用，它的主要功能是海防，所以噸位較重。本汛是三貂一帶山路上最大的軍營，所以才能配備火炮。因位處山區，有戰事發生時，必須拉著炮在山區移動，所以使用噸位較小的炮。這一門是得勝炮，是嘉慶四年，我朝依據前朝舊炮的形式改良而成的新式火炮。」

「得勝炮？好威風的名字。這種新式火炮比起舊式的火炮，有什麼優點？」

林外委回頭四下看了看，確定身邊沒有其他部屬後，悄聲的說：「小兄弟，你們番人比較誠實，我也對你實話實說，這種得勝炮的射程還不及舊炮。唉，這都是因為我朝安定已久，乾隆皇帝自以為武功蓋世，荒廢了武器研發，導致今日製炮技術反而不如數百年前。」

林外委心情沉重的說：「火藥本是中國人發明的，今日我國的火炮反不及歐洲。我再跟你說一段小故事，乾隆皇帝在位時，英國使節曾經前來中國，他帶來英國國王送給乾隆皇帝的禮物，其中包括艦炮模型及槍枝。

如果乾隆皇帝能提高警覺的話，當場就該發現歐洲人的武器比我們精良，應該立即請人購買洋人的艦炮，並學習研發，急起直追，可惜他漫不經心，只令人把這些禮物送去圓明園倉庫裡封存。如今我們的艦炮不但比不上洋人，連和海盜對壘時，都經常處於下風，因為海盜懂得用搶來的錢財向洋人購買武器哪！」

林外委愈說愈氣憤。「這些滿洲人對付洋人沒有本事，對付漢人的手段可多啦！你看看我們漢人組成的綠營士兵，拿的槍要漆成紅色；滿洲人和蒙古人的八旗士兵，拿的槍漆成黃色；由滿化漢人組成的漢軍士兵，拿的槍要漆成黑色。綠營軍薪水拿得少，任務出得多。如此樣樣分化，真正打仗，如何能同心協力？」

林外委這段話，勾起洪啟雲的諸多聯想，兩人沉默相對，不勝唏噓。

雖說現在三爪子汛只有十名士兵，加上暖暖塘也屬林外委管轄，他總共不過管理二十名士兵。不過洪啟雲由他對火炮的了解程度，和對國事各方面的見解，覺得他比一般清兵軍官頭腦清楚，將來應該前途遠大，可以升上高階軍官。

第十五章　火器

東緯聽著阿公說的故事，心中有許多疑問。「無論是清國士兵還是薛爾克用的槍，都好難用喔！為什麼以前的人還要使用？」

阿公笑著說：「各種器具的發明都是經過漫長的逐漸改良，才會變得安全又好用。以電燈來說，當初愛迪生發明的燈泡，能從夜晚點到第二天早晨不燒毀，愛迪生和他的員工就高興得不得了。如果現在有一家賣燈泡的公司向顧客吹噓說他們的燈泡可以點一天一夜，你想顧客會想買嗎？」

「當然不買啦！難道要我天天換燈泡？」東緯說。

「可是當時的人覺得那已經是了不起的成就了。電燈剛裝在紐約曼哈頓街道上時，有許多人專程搭火車來看，因為他們很難想像黑夜變得和白天一樣亮是什麼景象。同樣的道理，以我們現代人的眼光來看，清代使用的槍十分簡陋，但是比起弓箭，槍的射程遠，威力大。光是火藥爆炸的聲響，就足以嚇壞敵人。」

「可是火繩槍擊發時，在射擊手的臉部附近冒出一團煙和火，我看不只嚇壞敵人，也嚇壞自己。」

「嗯，所以後來火繩槍就被燧發槍取代了呀！」阿公說。

東緯想到阿公是退役軍官，對槍械一定懂得很多，何不問個清楚？「什麼是燧發槍？薛爾克送給洪啟雲的就是燧發槍嗎？」

「應該是。燧發槍不再使用火繩點燃火藥，而是用燧石撞擊火鐮，產生火花，點燃火藥。開槍前，先把擊錘往後拉，呈現蓄勢待發的狀態。射擊時，扣下扳機，擊錘向前彈，擊錘上的燧石撞上火鐮，產生火花。同時撞開火鐮，露出點火盤。火花引燃火藥，產生推力，把槍管裡的彈丸射出。」阿公邊講邊畫（如圖15-1）。

「燧石是什麼？」

「燧石是一種堅硬的岩石，裡面有許多微細的石英晶體。當燧石與鋼鐵製的火鐮發生摩擦時，會削下一些很小的鐵屑。這些鐵屑會和空氣反應，產生火花。如果沒有鋼鐵，用燧石敲擊黃鐵

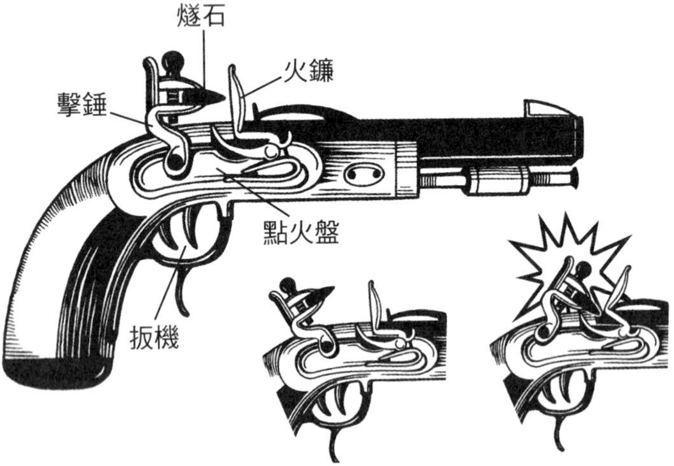

開槍前，先把擊錘往後撥。

扣發扳機，擊錘向前推開火鐮，燧石產生火花，點燃點火盤上的火藥，擊發彈丸。

圖 15-1

礦，也可以產生火花，那是生火的方法之一啊！」

東緯腦海裡立刻想到有一次去參加科學演示會。主講者是一位白髮的老教授，他拿出一個密閉試管，裡面裝了一些黃色晶體，教授解釋那是草酸鐵（Ⅱ）。接著教授點燃酒精燈，拔掉試管口的橡皮塞，用試管夾夾住試管，讓試管口微微向上傾斜，開始用酒精燈加熱試管。為了讓試管能均勻受熱，教授讓試管在火焰上方來回移動。不久之後，試管內的晶體逐漸由黃變黑，等裡面的晶體全部變成黑色粉末之後，教授把試管放回試管架，靜候其冷卻，同時熄滅酒精燈。幾分鐘後，教授認為試管溫度已下降，便再度用橡皮塞蓋住試管口。接下來，教授在地上鋪一張報紙。要求主辦單位關燈。然後他站立著，在報紙上方打開橡皮塞，傾倒試管，讓裡面的粉末撒出來，這時候奇蹟發生了，撒落的粉末在空中閃耀著火花，而且粉末落在報紙上之後，火花引發了報紙的燃燒。臺下的觀眾看得目瞪口呆。

教授這才解釋其中的原理，原來草酸鐵（II）在受熱的過程中，發生分解，草酸根把鐵（II）還原成元素態鐵，同時草酸根變成二氧化碳逸散。剛生成的鐵，顆粒很小，是奈米級尺寸。在撒落下墜途中，與空氣中的氧反應。由於顆粒小，接觸面積就大，反應速率快，短時間內放出的熱，足以引發鐵粉自燃。

東緯想，燧石在火鐮上可能也敲出了一些奈米鐵，所以才會有火花。

「如果燧發槍比火繩槍進步，為什麼薛爾克在牛車上的射擊還是慢吞吞，逼得洪啟雲不得不連續射箭逐退強盜？」

「燧發槍只是把火繩改為燧石而已，仍然是前膛槍，所以裝填火藥費時。」

「什麼叫前膛槍？」東緯覺得關於槍枝有好多專業的學問。

「前膛槍就是火藥和彈丸由槍口裝入的槍。火繩槍和燧發槍都是前膛槍。這種槍在兩次射擊之間有繁複的步驟。由管口倒入火藥，要倒多少？倒太少了火力不夠；倒太多了，火力太強，會傷了自己。如果是打獵，不講求時間，可以用有刻度的銅管測量，在戰場上為了講求時間，會事先把定量的火藥裝在小瓶子裡直接倒入。金屬製的彈丸，也是由槍口投入，再用通條把彈丸和火藥一起壓緊，然後通條再插回管口下方，以免下次要使用的時候找不到。另外點火盤也要裝火藥，同樣要用管子倒，通常不用測量，把點火盤倒滿就是。射擊完還要清理點火盤和槍管裡的火藥殘渣，然後再重新裝填火藥。所有步驟全部重複一次，才能再度射擊。所以在戰場上必須安排兩列以上士兵輪流射擊，其中一列士兵射擊時，另一列士兵就清理槍支和裝填火藥，這樣隨時有士兵在射擊，才不會給敵人有攻擊機會。但是薛爾克只有一人一槍，所以兩次射擊之間空隙太長，會給強盜攻擊的機會。迫使洪啟雲必須不斷射箭，才能掩護他裝填火藥。」阿公停了一下繼續說：「此外，當時的槍管是滑膛槍，彈丸飛出槍口後容易因重力而下墜，不容易命中遠方的目標。」

「什麼？我才剛搞懂前膛槍，又來個滑膛槍？」東緯搔著頭問。

「不要被名詞嚇到，顧名思義，滑膛槍就是說槍管內部是光滑的。」

「光滑有什麼不對嗎？」

「如果你投籃時，球不旋轉，能投進籃框嗎？」阿公反問。

東緯注意過，球只要飛得夠遠，一定會旋轉。

「因為球旋轉時，空氣阻力會變小，球才能飛得遠。球若不旋轉，容易受到空氣阻力而變慢並落地，根本飛不遠。同樣道理，為了增加射程和提高準度，後來就發展出槍管裡有螺旋溝槽的槍，稱為來福槍。槍管內的螺旋溝槽就叫來福線。」（如圖15-2）

東緯搖搖頭說：「不對！有了來福線，雖然增加了射程和準確度，但是要由槍口裝填彈丸就麻煩了。因為彈丸一定要和槍管密合，推力才會大。但是有了來福線後，彈丸無法一次落入槍管中，而是要慢慢旋轉進去，一定會拉長兩次射擊之間的時間。」

阿公很高興的說：「嗯，你真是個肯動腦筋的好孩子，一下就想出來福線的缺點。除

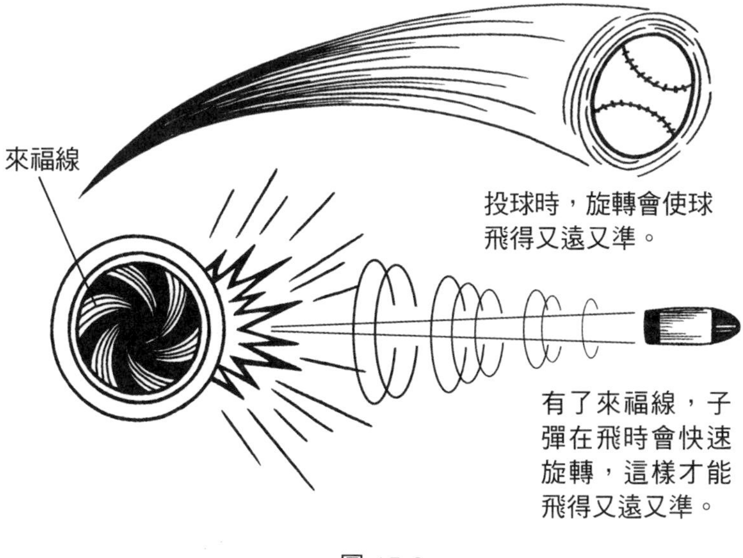
來福線
投球時，旋轉會使球飛得又遠又準。
有了來福線，子彈在飛時會快速旋轉，這樣才能飛得又遠又準。

圖 15-2

了你說的這一點之外，有了來福線，殘餘火藥更容易留在溝槽內，如果不清理，槍管會生鏽，所以清理槍管的時間也增加很多。」

東緯興奮的說：「我猜，接下來，應該要研發後膛槍了！」

「沒錯！後膛槍把彈丸和火藥結合在一起，做成含火藥的子彈。」阿公在紙上畫出子彈的構造（如圖15-3）。

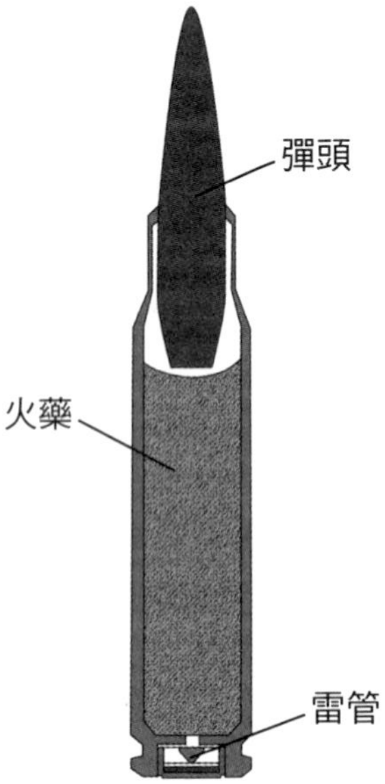

圖 15-3

東緯看了點點頭。「這等於是把前膛槍的彈丸、火藥和點火盤結合在一起了。裝填子彈一定比前膛槍快多了。我注意到彈頭也變尖了，不再是金屬球。」

「嗯！因為形狀會影響空氣阻力，所以必須做成尖的，才能飛得遠。燧石也改為撞針，當射擊者扣發扳機時，撞針敲擊雷管，引發爆炸，高溫氣流又點燃火藥，把子彈射出。」

「雷管不就是火藥做的嗎？」東緯搞不懂為什麼要多創造出一個名詞。

「早期是，現在不是。因為火藥必須點火才會爆炸，但是用火繩或燧石點火，並不方便。現代子彈的雷管大多改用對撞擊很敏感的化合物，只要撞針一撞擊，就產生火花。」

這個東緯有興趣。「有什麼材料可以製成雷管呢？」

「這類化合物有很多，我只記得一樣比較有名的，例如史蒂芬酸鉛。」

東緯不指望阿公會記得史蒂芬酸鉛的化學式，不過，現在有谷歌大神可以問，他很快就由網路上找到史蒂芬酸鉛的結構式（如圖15-4）。

東緯看了結構式，馬上就了解，為什麼這個化合物會爆炸了。「它的苯環上接了三個硝基（$-NO_2$），和黃色炸藥非常相似，這類化合物分解時，會自行提供助燃所需氧氣，並產生氮氣，除了放出熱量外，大量氣體還會產生爆炸的

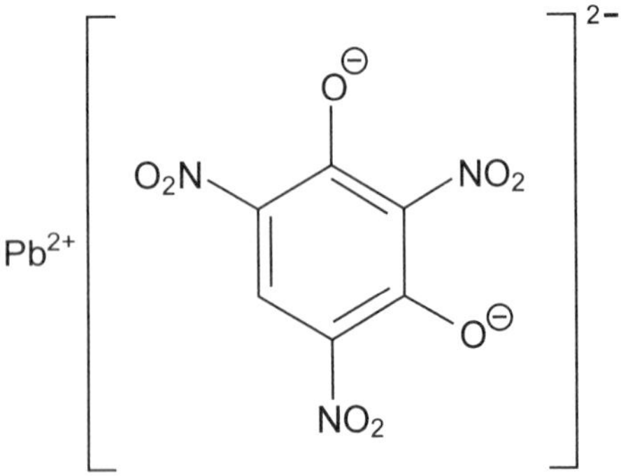

圖 15-4

震波。」

阿公接著又說：「接下來的發展，就是一次把數顆子彈裝進彈匣裡。這樣裝填一次，就可以連續開好幾槍。」

「接下來，就是發明機關槍，扣一下扳機就會射出很多發子彈。」不用阿公說，東緯也可以猜出接下來的發展，他嘆了一口氣。「人類在互相殘殺上所花的心思也太多了。」

第十六章　王公判案

吃完午飯後，洪啟雲告別林外委，繼續他未完的旅程。

他沿山路跑，很快就到柑子瀨，前方有兩條岔路，都是山路。左邊的一條是王大人預定要走的路線；右邊的一條則可經由三貂嶺鋪，走到遠望坑。

他想，先走左邊這一條到燦光寮塘和大三貂港口汛，把連繫的任務完成，回程再到三貂嶺隘去看看大雞籠社的施工情形。

這一帶本來只有平埔族三貂社的人居住，三貂社的人和洪啟雲同樣屬於凱達格蘭族，所以洪啟雲在這一區行走並不害怕。

這一區漢人仍然很少。乾隆末年有個福建人，名叫吳沙，他進入這個地區開墾。吳沙為人慷慨，凡有窮人來投靠他的，他就發給他們一斗米，一把斧頭，令他們進入山中砍伐樹木為生，漸漸的，這個地區聚集的漢人就愈來愈多。為了維持治安，吳沙在沿路設了十一個隘寮，募集鄉勇當隘丁。後來因為官方在三爪子設汛，沿路治安變好，不須留那麼多隘寮，所以撤了三個。但是吳沙的目的不在三貂地區，嘉慶初年，他就率領數百名鄉勇，進入噶瑪蘭地區的烏石港開墾。不過因為受到當地番人抵抗，有些漢人又退回三貂地區，向三貂社租土地，開始農墾的工作。目前留在此一地區的漢人也不過數百人，常常走了一整天的山路也見不到一個人。

山路崎嶇不好跑，將近兩個多時辰後，洪啟雲才跑到了燦光寮。燦光寮塘是個小的營區，他們的上級單位是大三貂港口汛，這裡只有十名士兵，沒有軍官，所以不見人員操練，同樣對洪啟雲提出的公文也不理不睬。

洪啟雲知道這些士兵的心態，他盡了告知的義務後，就離開了。

燦光寮山是這個地區最高山峰，燦光寮塘就位於燦光寮山南方的山腰上。燦光寮山居高臨下，可以觀察到整個東北角沿岸的情形。洪啟雲爬上燦光寮山的最高點，由麻布袋裡取出薛爾克送的望遠鏡，望向遠處海面，連漁船上漁夫的動作也可以看得很清楚。洪啟雲現在對望遠鏡的興趣超過手槍了。

他繼續趕路，又跑了一個多時辰，才跑到海邊，大三貂港口汛的位置就在海邊漁港附近。

嘉慶十年，蔡牽進犯噶瑪蘭後，清國政府為了加強東北角的治安，增設了大三貂港口汛。汛內有把總一員，士兵三十名，汛下管轄燦光寮塘。港口汛的主官姓易，單名一個珍字。易把總也是福建人，長得又黑又壯，不過木訥寡言。

易把總看完洪啟雲帶來的公文後，只淡淡的說：「沒問題，我已經和頭圍千總黃廷泰商量好了，王大人校閱本汛官兵當天，他會率隊在烏石港恭候王大人，保護王大人之任務就由他們接手。」

離開大三貂港口汛後，洪啟雲眼看天色已晚，易把總又很冷淡，如果現在要跑到烏石港，他估計還要三個時辰，實在太遠，只能明天再走那一段路程。想想，他這樣一個人行動，這趟路也花了四天三夜，屆時王大人率領大隊人馬行動，沿途還要校閱軍隊，要想如期在八天內走完這段行程，還是相當辛苦。

現在他必須找過夜的地方，如果回到燦光寮鋪去投宿，必須花一個時辰，明天又要重跑那一段山路，太浪費時間。想來想去，他決定進入海邊樹林裡，找一塊海風吹不到的平地，躺平了睡一夜。夏天氣溫高，在野外露宿沒有什麼問題。

樹林裡的小徑平常可能少有人通行，除了崎嶇不平之外，野草叢生，加上天色暗得非常快，洪啟雲很快就發現自己寸步難行，就算要在野外宿營，好像也找不到一塊平坦的地方可以躺下。

走了很久，突然看到路邊樹叢後面出現了燈光，是一間農舍。洪啟雲穿過樹叢，想借農舍前的平地借宿一夜。他的腳步聲驚動了農舍主人，主人是個又乾又瘦的老農，他提著燈籠出來查看。

洪啟雲很不好意思的說明來意。

老農提高燈籠看清洪啟雲身上的裝束後說：「你是送公文的麻達？進來屋裡休息吧。吃過飯了沒？」

洪啟雲很高興的隨老農走進屋內。

老農可能正在用晚餐，桌上還擺著飯菜。「不嫌棄粗茶淡飯的話，就一起用餐吧！」

洪啟雲跑了一個下午，真的很餓了，於是就謝謝老農，開心的坐下來和他一起用餐。

老農自稱姓潘，這塊農地是向三貂社土目五合陞紀承租來的。「我年紀很大才由福建來到臺灣，平地容易耕種的地方都被人捷足先登了，只好跑到海邊來開墾，這裡土地貧瘠，沒什麼人願意來。」

聊著聊著，潘老爹突然提到洪啟雲的任務。「平日這一帶送公文的鋪兵不少，但是很少看到麻達。最近又有大雞籠社的人忙著修築三貂嶺隘寮，我猜你們都是為了福建巡撫王大人的事在忙吧？」

「嗯？」洪啟雲突然愣住了，不知該怎麼回答。這不是機密嗎？怎麼連海邊的老農也知道了？

潘老爹笑著說：「哎呀！大家都知道了呀。我這裡只種茶、大菁和薯榔三種農作物，沒有一樣能當飯吃。所以每隔十天半個月，我都要到柑子瀨那家雜貨店去買日常生活所需的用品。附近汎塘的伙食兵也到那裡採購，結果大聲抱怨因為王大人要來，害他們被操練得很慘，這麼一嚷嚷，三貂嶺一帶的人全都知道了。」

洪啟雲只能苦笑著搖頭，清軍毫無紀律是眾人皆知的事，但是這項機密洩露之後，會不會造成安全問題？洪啟雲有點擔心。

潘老爹似乎沒有察覺洪啟雲的不安，繼續興高采烈的說：「這位王紹蘭大人了不起，我家鄉的人都稱他為『王青天』、『南包公』哪！」

「喔？」洪啟雲很難相信清國有什麼好官吏。

「小兄弟，你不信？我說幾個故事給你聽。他斷案如神，真是包公再世。」

茶餘飯後還有故事聽？真不錯。本來以為今晚要餐風露宿的，沒想到還有這番享受，洪啟雲自然是洗耳恭聽。

潘老爹先講了一個「龍鳳金耳扒」的故事。

福建省福清市有一戶人家，新婚之夜遭盜賊侵入，殺人之餘，還盜走財物和一支龍鳳金耳扒（挖耳朵的工具）之後逃走。王紹蘭遲遲無法破案，便祈求仙人指點。當晚王紹蘭夢見仙人說：「一江一江又一江，江東橋下數畦葱。若待元宵佳節夜，龍光此案自然通。」王紹蘭醒來後思考，一江一江又一江，不就是連江嗎？於是元宵節那一夜，王紹蘭就帶了衙役趕往連江，果然在賞花燈的人潮中看見一名女人頭髮上插著龍鳳金耳扒。王紹蘭將女人抓來訊問，原來她的丈夫就是凶手。而凶手在盜取財物後，跑到連江開了龍光布莊，原來託夢中所指龍光，就是指龍光布莊。

洪啟雲聽了這個故事，不免搖頭。唉，中國人心目中的好官就只有這點本事而已嗎？漢人戲劇裡最喜歡演的包公，也是靠神鬼幫忙，不然就是嚴刑拷打，逼迫犯人認罪。這還能叫好官？那壞官更不堪聞問了！他每次聽到這種類型的故事，就覺得很悲哀。這一類故事愈多，代表人心對現實愈不滿，不能寄望於好官員，只好幻想鬼神會出面主持正義了。

潘老爹見到洪啟雲不以為然的表情，就再講了第二個故事：「貽順哥燭蒂」。

福州是個大港，水手陳春生與林春香是恩愛夫妻。後來陳春生出海，船遇風暴沉沒，春香傷心欲絕。陳春生父親因為兒子下落不明，病情加重，加上家貧，向馬貽順借貸，最後因為欠馬貽順太多錢，林春香被迫改嫁馬貽順。十年後馬貽順與林春香已經生下兩個兒子，陳春生卻意外返回福州，願意出重資娶回林春香。林春香面對前後兩任丈夫，左右為難。當時王紹蘭擔任海防分府，就想了一條妙計，要林春香裝死。王紹蘭對陳春生和馬貽順兩人說：「人死了，誰要屍體誰抬走，不要屍體的拿走春香留下的紅包。」陳春生說他要屍體，馬貽順則要紅包。陳春生去領屍體時，春香突然站起來，跟著他回家。馬貽順打開紅包一看，竟是半截燭蒂。

洪啟雲聽完，淡淡笑了一笑，他記得薛爾克在大崙崁的第二個晚上，兩人聊天時，跟他講過一個《聖經》故事，叫「索羅門的判案」，講述索羅門王巧妙的判定出哪個女人才是嬰兒真正的媽媽，使用的手法和王紹蘭差不多。

潘老爹見洪啟雲表情冷淡，又說了第三個故事：「王紹蘭巧判偷傘案」。

有兩個男人，就叫他們張三和李四吧，兩人為了誰才是一把傘的真正主人而吵起來。正巧王紹蘭經過，兩人便請王大人判案。因為傘上無姓無名，無法判斷，王紹蘭便請衙役把傘劈成兩半，令他們各取一半。結果張三破口大罵王紹蘭是昏官，李四則無所謂的走了。王紹蘭把李四叫回來，指責他是偷傘賊，罰他要買新傘賠給張三。

洪啟雲聽完之後，笑得更開心了。這個故事比前一個更像索羅門判案。

潘老爹見洪啟雲笑了，以為他喜歡，便又為他說了第四個故事：「桐油煮粉乾」。

惡婆婆伍氏偷吃雞肉，卻誣賴媳婦玉姑，兒子也怪罪自己的妻子。玉姑憤而懸梁自盡，幸好被鄰居救下。這件事被微服出巡的王紹蘭看到，將三人帶回衙門審問。王紹蘭的妻子姓白，足智多謀，常幫助丈夫破案。當天，她藏在公堂屏風後面，聽完各方供詞後，建議丈夫用桐油煮粉乾（相當於臺灣人的米粉）給三人吃。三人吃了桐油之後，嘔吐不止，而伍氏吐出來的東西裡有雞肉，於是真相大白。

洪啟雲聽完之後，不禁鼓掌叫好。「終於有個好故事了，這才叫好官。」

桐油是用來塗抹和保護木器的，怎麼能吃？有人誤食的話，確實會噁心嘔吐，所以王夫人是利用知識破案，想想還是女人比較厲害，原住民族採用母系社會真有道理呀！

第十七章　古今偵探

段考剛考完，現在是打掃時間，再上完一節課，全校即將放學，連高三學生也不用留校進行夜間輔導，全校的氣氛顯得很輕鬆。

東緯很快做完清掃工作，他跑到辦公室要問分數，化學老師還在低頭批改試卷，辦公室裡只剩下國文科的邱老師，他一派優閒的在看小說。國文科昨天早上就考完了，邱老師已經改完試卷，連成績都公布了。

邱老師是個禿頭的胖子，平日說話風趣幽默，所以東緯常和邱老師沒大沒小的聊天。看到老師在看小說，東緯基於好奇，走上前去問道：「老師，你在看什麼小說啊？」

「嗯，算是偵探小說吧！」

「喔？我也愛看偵探小說呢！老師，是什麼書名？說不定我也看過。」

「《大唐狄公案》。」

東緯聽了之後，眉頭一皺，心裡想，畢竟是國文老師，連偵探小說都看古代的。「我不愛看中國古代那些什麼包公案、施公案之類的故事，一方面全靠裝神弄鬼或嚴刑拷打逼供，根本沒有推理成分；二方面文言文寫的，我都看不懂。」

邱老師聽完東緯說的話，放下小說，笑著對他說：「你這小子，完全沒弄清楚來龍去脈就妄下斷語，這是偵探應該有的態度嗎？」

邱老師把書遞到東緯面前。「這本書的作者雖然叫高羅佩，不過他是荷蘭人……」

「荷蘭人寫的狄公案？」

「沒錯，他是一名外交官，精通多國語言，還娶了中國妻子。他在中國買了一本《狄公案》，這本書是清末不題撰人所著，作者取這個筆名，就是不希望人家知道他的本名。高羅佩對這本書很感興趣，便利用公餘之暇把這本書翻譯成英文。同時也以英文創作全新的故事，仍然以唐朝的宰相狄仁傑為主角，編寫推理故事，我現在讀的是中文譯本，所以不是文言文。」

原來這是一本外國人用英文寫的推理小說，只不過背景設定在中國古代而已。東緯尷尬的搔搔頭說：「好嘛！我弄錯這本書的作者和文體，不過這是近代人寫的，我批評的是中國古代的判案，根本沒有推理成分，全靠裝神弄鬼和屈打成招，這總沒說錯吧？」

邱老師點點頭說：「大致上是對的，你口中的古代判案，在文學上稱為公案小說。不過在古代，沒有科學鑑識技術，不靠裝神弄鬼或嚴刑拷打，有些刁民死不認罪，實在也沒辦法治他。所以公案小說中有很多鬼魂託夢、或在廟裡審案的情節，大抵來說，應該視為審判官在不得已的情況下，對嫌疑犯進行心理戰。」

「老師是說，託夢或鬼神顯靈的情節，是審判官設計的，目的是要讓罪犯心生恐懼而認罪。」

「是的。」

東緯想想，覺得也對，如果自己生在古代，在沒有科學證據之下，除了心理戰之外，還能有什麼辦法？

邱老師補充說：「即使在缺乏科學分析方法的古代，故事中仍然有許多好官吏能利用觀察與推理破案，不見得全靠裝神弄鬼喔！」

「喔？我最喜歡推理故事了，請老師說一則故事給我聽。」

「好，不過先聲明一下，這些都是故事。歷史上真正的狄仁傑和包拯，他們的職責並不在判案，現在流傳的公案小說，大多是明清兩代出版的，屬於後代人編寫的。」

東緯迫不及待的說：「我知道，我也不在乎故事真假，我只想知道，在沒有科學儀器前，真的有辦法明察秋毫，公正的判案嗎？」

「好，我講一段《包公案》裡的〈青糞〉案，這本書是明朝末年時出版的，比英國的福爾摩斯探案早了將近三百年，沒有受到外國偵探小說的『汙染』。」

東緯驚訝的問：「汙染？」

邱老師笑著說：「因為福爾摩斯探案傳到中國後，很多文人大受刺激，驚覺中國缺乏推理小說，因此清末出現大量模仿的推理小說，雖然仍以公案小說的方式呈現，但是那些都已經是西化的結果，不能視為中國自己傳統文化中的產物。」

「好，請老師為我說一個未受汙染、原汁原味的中國推理故事。」

於是邱老師便為東緯說了「〈青糞〉」的故事：

招祿與長財兩人為了一隻鵝爭吵，兩人都說鵝是自己的。

包公觀察了之後，便說：「鵝是招祿的。」

長財不服，便問：「老爺，憑什麼把鵝判給他？」

包公說：「你家住城裡，養鵝必用穀類；他居住在城外，鵝放養在田間，吃的是雜草。鵝吃了穀類，拉出來的糞必為黃色；鵝吃了雜草，拉出來的糞必為青色。現在鵝拉出來的糞都是青色，你憑什麼跟人家爭？」

東緯聽完大感振奮，原來中國古代也有推理小說。「這個故事太棒了，還有沒有？」

邱老師苦笑道：「公案小說中這類推理故事太少了，我想來想去只想出這一則。不過清代出版的公案小說，推理情節就多起來了。」

「那不算，那是被『汙染』的。」東緯有點失望。「小說裡找不到，是不是因為現實生活中本來就缺乏會推理的人呢？」

「也不見得，在正史上也有記載一些頗有推理能力的人。例如《三國志》就記載了東吳國君孫亮的推理事蹟，他是孫權的小兒子，只當了六年的皇帝，他判這個案時才十五、六歲而已。就是〈蜜中鼠屎案〉。

孫亮有一次想吃生梅，命令黃門（服侍皇帝的太監）到倉庫裡取蜜來漬梅，結果發現取來的蜜中有老鼠屎，便把藏吏（看守倉庫的官員）召來訊問。藏吏嚇得不斷叩頭。孫亮問藏吏說：「黃門有私下向你要過蜂蜜嗎？」藏吏說：「以前有要過，但不敢給他。」黃門不服，侍中（官職，是皇帝的侍從與顧問）刁玄、張邠就啟奏道：「黃門和藏吏兩人供語不同，請移送到監獄裡慢慢審問。」孫亮說：「這麼簡單的事，何必勞師動眾？」命令人把老鼠屎剖開，發現屎的內部很乾燥。孫亮大笑，對刁玄、張邠等人說：「如果這顆老鼠屎早就在蜜中，應該內外都潮溼。如今外面潮溼、裡面乾燥，必是黃門公報私仇，為了陷害藏吏所做的。」黃門叩頭服罪，左右都被皇帝的推理能力嚇壞了。

東緯佩服得不得了。「難得有這麼精明的皇帝，只是怎麼兩件難得的推理案件都和糞便有關呢？」

邱老師笑著說：「你沒聽過『道在屎溺』嗎？」

「什麼意思？」東緯知道邱老師最喜歡開玩笑，可是他說的玩笑話又往往發人省思。

「大道理無所不在，並不會因為屎尿很骯髒，就不存在其中。」

「有道理，以偵探工作來說，證據無所不在，即使再微小、再骯髒的證據也不能掉以輕心。」東緯想了一會兒才回應。「不過，怪的是，不論小說或正史，都是一些職責不在判案的大官或皇帝展現出難得一見的推理能力，難道中國古時候沒有表現優良的刑事人員嗎？」

邱老師想了一想說：「有一件事倒是值得吹噓一下，那就是中國第一本法醫學的著作比歐洲同類型的書籍早了三百多年。」

「這麼了不起？我想聽。」東緯迫不及待想知道這位法醫先驅的成就。

「宋朝時有一位刑事官員名叫宋慈，以善於斷案聞名，他參考前人的著作，並請教有經驗的仵作（中國古代的法醫），在西元一二四七年出版了一本《洗冤集錄》，是中國第一本法醫書籍。而歐洲第一本法醫報告直到一五九八年才出版。」

這時候，化學科的王老師已經改好考卷，他忍不住插話。「這本書雖然出得早，有些做法也很有參考價值，但是出錯的地方不少，而且錯得離譜，錯得不可原諒。」

「哦？」邱老師驚訝得抬起頭，看著王老師。「你對這本古書也有研究？」

「算不上研究。起因是我小時候看過一部電影，叫《楊乃武與小白菜》，經過那麼多年，情節早就忘了。最近在讀書時，得知這個案子是清末四大疑案之一。我想知道案子的來龍去脈，所以把資料找出來看，一看不得了。原本的案子固然是疑案，但是翻案的根據更是錯得離譜，還說是根據《洗冤集錄》判斷的。我就去找《洗冤集錄》來看，果然幾百年來錯誤的驗屍法真的來自這本書，我甚至在書中找到更荒謬的錯誤。無論原判或翻案，全部糊里糊塗。而一八七六年的審判，竟然還要找一二四七年出版的古書來背書，已經夠荒謬，偏偏引用的又是書中錯誤的敘述。這六百多年來，所有審判及小說，全都根據這些錯誤而來，這些司法人員長期怠惰，水準低落，不知造成多少冤獄，又有多少沉冤永遠無法昭雪，真令人搖頭嘆息啊！」王老師義憤填膺，像連珠炮似的說個不停。

「那是什麼案子？我想聽。」東緯這會兒已經把段考成績拋在腦後了。

王老師說：「案情複雜，刑求的過程又極其殘忍，我不想再提。簡單的說，就是清代同治年間，餘杭縣民葛品連暴斃，當時仵作未以皂角擦拭銀針，即以銀針探入死者喉內，發現銀針變黑，便判斷死者服毒。餘杭知縣劉錫彤以刑求的方式逼迫葛品連的妻子畢秀姑（外號小白菜）和他們從前的房東楊乃武承認以砒霜毒殺葛品連。劉錫彤又竄改驗屍單，把口鼻流血，改為七孔流血，並強迫藥鋪老闆作偽證，指稱楊乃武曾向他買砒霜。不過楊乃武是新科舉人，家人豈肯善罷甘休，一路向上告狀，案子拖到光緒二年，最後慈禧太后下令重新調查。」

接下來，王老師生動的描述了在北京海會寺開棺驗屍的情況。

當天，刑部滿、漢六堂、都察院、大理寺，以及承審各個官員都到現場。各單位的仵作也都到齊。又有刑部某位老仵作，已經八十幾歲，也用馬車載他過來。圍觀的群眾很多，萬頭攢動。老仵作先取一塊頭骨，拿到太陽下觀看，立刻回報說：「這個人其實是病死，不是吃毒藥。」負責重新調查的桑尚書大驚失色，命令他要仔細檢驗。老仵作回答說：「我在刑部六十餘年，凡是吃到毒藥的人，骨頭必有黑色。像這麼白的骨頭，怎麼可能是中毒？」又轉頭向餘杭原仵作叱責道：「你們到底看到了什麼，而說這是吃了毒藥？」那些人回答說：「我們本來不肯填寫驗屍單，但是長官堅持要如此，我們也不敢不遵從。」兩旁看熱鬧的群眾歡聲雷動，不停大叫「青天有眼」。而劉錫彤則傻了眼，唉聲嘆氣，神情緊張，自己摘掉烏紗帽，跪在廳前，用力叩頭求饒。

邱老師說：「慢著，你這一段說得太戲劇化了，不是真實發生的情形吧！」

王老師說：「這是當時報紙刊載的內容。我也覺得是小說的筆法，怕與事實有出入，不過當時朝廷奏摺也說『……提葛品連屍棺到京，復加檢驗，骨殖（即屍骨）黃白，係屬病死，並非青黑顏色，委非中毒，取具原驗知縣、仵作甘結（簽名之保證書），聲稱從前相驗時屍已發變，致辨認未確，誤將青黑起皰認作服毒』。可見開棺驗屍能夠翻案之關鍵，確實是在骨頭未變黑。」

「老師，我讀過《水滸傳》，裡面描述武大郎被毒死之後，也是骨頭變黑，難道是錯的嗎？」

王老師說：「大錯特錯，砒霜中毒而死的人，骨頭並不會變黑。」

「什麼？這個錯誤是來自《洗冤集錄》嗎？」東緯問。

「恐怕是。《洗冤集錄》中說『如服毒藥，骨黑，須仔細詳定』，幾百年來的仵作就咬定這一條，一路錯到底。」王老師說。「更離譜的還在底下，關於驗骨，《洗冤集錄》還說『人有三百六十五節，按一年三百六十五日』。」

「有這麼巧？」東緯懷疑道。

「當然不可能，人出生時骨頭大約為二七〇塊，在成長過程中有些骨頭會融合在一起，所以成年時是二〇六塊，《洗冤集錄》的數目差了一五九塊，不可能是數錯，而是根本沒數過，用想當然爾的方式猜想，這樣的書籍成為法醫學的典範，真是可怕。更離譜的還在後頭，《洗冤集錄》還說『男子骨白，婦人骨黑』。」

東緯忍不住笑罵道：「他是在搞笑嗎？無論男女骨頭都是白色的啊！」

「這更加深我的懷疑，宋慈本人應該從來沒有參與過驗骨，否則不該寫出如此沒有常識的話。書中還說『髑髏骨，男子自頂及耳並腦後共八片，蔡州人有九片……婦人只六片……』，人體的骨頭數目竟然會因為性別及出生地點，而出現數目不同的情況，真是笑話！事實上，男女只有骨質密度及骨盆腔形狀不同，骨頭數目並無不同。」

在東緯搖頭嘆息之際，王老師又說：「一開始餘杭縣的仵作判定葛品連中毒，也是基於《洗冤集錄》的誤導。因為書上說『砒霜……遍身發小疱作青黑色……十指甲青黑……』，葛品連的屍體有青黑色小疱，所以當地仵作初步判斷是中毒。」

「真正砒霜中毒沒有這些現象嗎？」

「沒有，如果慢性砷中毒，指甲上會出現橫的白線，並不是變成青黑。」王老師說：「因為《洗冤集錄》上還說『若驗服毒，用銀釵，皂角水揩洗過，探入死人喉內，以紙密封，良久取出，作青黑色，再用皂角水揩洗，其色不去』。於是餘杭縣的仵作用銀針探死者喉部，結果變黑，更確定是中毒。」

「老師，我記得你講過銀針只能測試硫化物，砒霜是三氧化二砷，用來測砒霜並沒有用。」

「沒錯！後來翻案時，上級長官指責餘杭縣的仵作未依照《洗冤集錄》的教導，在使用銀針前沒有先用皂角水擦拭，所以推翻這項證據。」

「皂角水真有這麼神奇的功效，可以影響測試結果嗎？」

「當然沒有，皂角是一種植物，裡面有一種成分叫做皂素，泡在水裡會起泡，可以當成清潔劑使用，如此而已。無論銀針有沒有用皂角洗過，都不會和砒霜反應，只會和硫化物反應。總之，原判與翻案均引用《洗冤集錄》，但是以今天的眼光看來，全都錯誤。」

一直在旁邊聆聽的邱老師忍不住說話了。「以宋慈的年代，能寫出這樣的著作已經很了不起，你太苛責古人了。」

王老師辯解道：「在他的時代無法判斷砒霜中毒很正常，我絕對沒有苛責他，但是他不該連男人骨白，女人骨黑這種話都寫進書裡。還有什麼中毒的人骨頭變黑，銀釵試毒這些錯誤的方法都寫進去。知之為知之，不知為不知嘛！自從這本書出版之後，歷代的檢驗都以這本書為藍本。到了清代康熙年間，律例館（清代負責審查法令、修訂條文的政府機關）更以《洗冤集錄》為基礎，將其重新編訂成《律例館校正洗冤錄》後頒行天下。所以，清代一切法醫檢驗程序都要遵守《律例館校正洗冤錄》，其實就是來自《洗冤集錄》。西方人早期對砒霜殺人事件，也束手無策，直到一八三六年馬西試砷法發明之後，因為可以準確檢驗出是否為砷中毒，用砒霜作為毒藥的謀殺案迅速減少，終於無人敢用。葛品連死亡之時是一八七三年，如果清政府能迅速回應世界進步的潮流，早日派人學習世界最新科技，必可減少許多冤案。」

這時最後一堂課的上課鐘聲響起，東緯急忙跑回教室。

第十八章　青天再現

護送王大人的日子終於到了，一大早，洪啟雲就率領毛少翁社的四名弓箭手：木同、己雨、里滑源運、林博民在淡水營的門口等候。這四個人都是毛少翁社武藝最精湛的高手，不但體格強壯，弓箭射得準，獵刀也舞得虎虎生風。最近這幾天，他們也跟著洪啟雲把王大人的行進路線走了幾趟，確保萬無一失。

今天早上王大人已經由艋舺水師營的人用船護送到滬尾，目前正在營區內校閱軍隊。

由於王大人今日將到達淡水營的風聲早已走漏，營區外圍了不少民眾，等候瞻仰王大人的手采。

午時初，王大人校閱完畢，簡單用了午餐，就登上轎子，由余把總護送，出了營門，洪啟雲急忙率領弓箭手迎了上去。

此時，圍觀百姓中突然衝出二十幾人，往王大人轎子跑去，轎子旁的衙役紛紛拔刀警戒，四名弓箭手也立即搭弓上箭，情勢十分緊張。洪啟雲認得為首一人是往來新莊與艋舺之間的渡船船夫，名叫廖義，所以他揮手制止四名弓箭手不要輕舉妄動。

幸好這群民眾跑到轎前，並沒有攻擊的動作，而是兩腿下跪，口中大喊：「請青天大老爺為小的伸冤。」為首的廖義手捧陳情書，舉到頭頂上。

王大人見是陳情民眾，便下轎來親自接了陳情書，洪啟雲總算見到王大人的廬山真面目，看來是五十餘歲的中年男子，方頭大臉，沒有留鬍子，一副老學究模樣。

王大人扶起廖義，問道：「你們有什麼冤屈？站起身來，坦白向本官直說無妨，一定為你們做主。」

廖義等二十幾人便起身站立，由廖義代表，訴說他們的冤屈。原來，這些渡船無論大小，每年都要到淡水廳換發牌照。本來規定，不論船身大小，換照費用一律為二兩，不過那些辦事的小吏還會額外多要二百文，才肯幫忙辦理。因為小船營利微薄，不堪需索，所以他們曾向前任淡水廳長官陳情，長官批示「小船規費降為四錢，不准收取額外費用」，無奈承辦小吏依舊我行我素，若不肯繳交二兩二百文的人，都會遭到百般刁難，使他們這些小渡船的船戶無法生存。

王大人聽完，震怒不已。「這些貪官連小船戶都如此壓榨，對那些大船如何獅子大開口，可想而知。」

他立刻把師爺叫到面前。「你立刻回程到竹塹淡水廳調查，如果確有此事，一定嚴辦。今後不准再收任何規費，辦公用的筆墨紙張，也不准向百姓要，以免他們又借端索錢。而且換發牌照，必須隨到隨辦，不得藉故拖延。」

接著他命令四名衙役：「你們護送師爺去，查有實際違法情事，立刻逮捕，送入大牢。事情辦好，你們再趕到噶瑪蘭和我會合。」

衙役遲疑的說：「我們都陪師爺去竹塹，那大人沿路的安全由誰負責？」

王大人搖搖手說：「有淡水營的官兵護送就夠了，沿途住宿都在各汛塘之內，安全無虞，不必多慮。」

說完王大人回轎內，喝令啟程。

陳情民眾見王大人明快處理，再度跪下，高呼：「謝謝青天大老爺。」

旁觀民眾莫不稱讚道：「王青天果然名不虛傳。」

洪啟雲也暗暗佩服，便一馬當先，引導護衛隊伍往草山而去。

接下來幾天，一切按行程走。王大人陸續校閱了金包裡、瑪鍊、暖暖等地的軍營，由於各營區事先都做了充分的演練，所以戰技表現頗受王大人肯定。

第五天傍晚王大人的轎子才進入三爪子汛的營區。王大人交代，用完晚餐就休息，明天一早再校閱軍隊。

沒想到入夜之後，天空突然下起雨來，雲層裡雷電交加。洪啟雲不禁抬起頭來，望著天空，擔心明天的行程。下雨後，山路泥濘，抬著轎子上下坡，實在辛苦又危險。

這時候，遠處海邊的方向傳來一陣火光，映照到天空，一閃而過，接著傳來轟隆一聲巨響。

「大概是雷擊吧！」這時背後傳來尖銳的浙江口音。

洪啟雲回頭一看，是王大人，他實在很不喜歡王大人的音調和口音，不過念在他是一名好官，他仍然相當尊重王大人。因為現在是休息時間，王大人沒有戴官帽，而是換上瓜皮小帽，穿著便服，走出營舍，正望向遠處傳來巨響的方向。身旁有兩位轎夫陪著，由於福建帶來的衙役隨師爺去了竹塹，所以轎夫不抬轎時，也分擔護衛的工作。聽余把總說，這八名輪流抬轎的轎夫也都是士兵出身，真的有事時，可以隨時加入戰鬥。

「王大人！」洪啟雲恭敬的欠身向王大人行禮。

「不要拘束，小伙子。這幾天辛苦你了，每天早起晚睡，永遠跑在隊伍最前面。」王大人對洪啟雲的表現看在眼裡，讚賞有加。

「謝謝大人誇獎，那是我分內的事。」洪啟雲很欣賞王大人親民的作風。「我早就風聞王大人公正廉明，判案如神，今日有幸能為大人跑腿，自當盡心盡力。」

「什麼判案如神，那是外面的人亂傳的。他們編了許多鬼神協助我判案的故事，反倒忽略了當初我為了判這些案子所用的苦心。」

「大人可願意為我說說您破案的過程嗎？」當初潘老爹所說的王公判案故事，洪啟雲本就不大相信，現在王大人提起此事，怎能不乘機問個清楚？

「好，我就為你說說『龍鳳金耳扒』的案子吧！外面都傳說是仙人託夢，我才能破案的。事實上不是，在調查過程中，我拿婚宴禮金簿上的簽名一一比對，發現上面有一筆禮金，簽的名字是『龍文史』，但是問遍了男女雙方親友，沒有人認識這號人物，顯然是不速之客，而且犯案後也逃離本地了。查了一個月還沒有頭緒，眼看上級長官給的破案期限就快到了，我只能更努力下鄉查訪。某一天在查訪案情的途中，突然遇到大雨，我到涼亭裡躲雨，巧遇一位賣布的商人，他說他本來在連江開布莊，但是近日有人在他布莊的斜對面開了另一家『龍光布莊』，以低於本錢的價格賣布，把他的生意都搶光，他只好離開連江，遊走各地賣布。做生意為什麼可以用低於本錢的價格出售商品？要不是此人財力雄厚得離譜，就是得了意外之財，所以拿錢不當錢。加上布莊名稱有個『龍』字，引起我的聯想，於是帶著打造龍鳳金耳扒的金匠趕到連江指認，果然發現龍光布莊的老闆娘頭戴著龍鳳金耳扒，於是將他們夫婦逮捕。原來，龍光布莊的老闆本名叫史文龍，他混進婚宴簽名時，把名字倒過來寫，簽成龍文史。犯案後逃到連江，改名龍光，以盜來的財富開了龍光布莊。」

原來是靠勤勞與機敏才能破案，這真是好官啊！洪啟雲現在對王大人是真心敬佩。「大人，您真了不起，全靠鍥而不捨的追查，才能破案啊。」

「雖然辦案盡心盡力，但是每一個案件都判得我心驚肉跳。因為有些案子，衙役蒐集到的證據並不多，但是又非判出個是非不可，真怕哪一天誤判了，不但對不起當事人，恐怕也難逃朝廷懲處。」王大人嘆了口氣。「我現在只希望能早日告老還鄉，回家好好研究學問。」

說罷，王大人表示他累了，便走入營舍休息。

第二天，天剛亮時，洪啟雲就起床。看見天空已經放晴，太陽也露臉了。依慣例，他和余把總找汛塘主官也就是林外委先開個會。

「王大人早起後還要梳洗、用餐，餐後才會開始校閱部隊，接著啟程趕往下一站。現在時間還早，我先出發，檢視沿線有無異狀，我若沒有回報，就是沿途無異狀，你們就按時出發，我會在燦光寮塘等你們。」

每一天洪啟雲都是提前出發，擔任斥堠的工作，今天也不例外，所以余把總點點頭。林外委則說：「吃完早餐再出發吧！急什麼呢？」

洪啟雲搖搖頭。「不了，你們還要等王大人梳洗好才能開飯，而且他有時心血來潮，早餐前還要訓話一番，太浪費時間了，萬一路上有狀況，我怕反應不及。」

林外委吩咐伙房為洪啟雲打包了兩顆饅頭，讓他帶在路上吃。

洪啟雲收拾妥當，立刻出發，他先跑到燦光寮塘。本來對他很冷漠的暖暖塘、燦光寮塘和大三貂港口汛的士兵，在這一個多月來的頻繁接觸後，也漸漸和他熱絡起來，畢竟見面多次之後，人與人之間就會建立起感情。

他叮嚀燦光寮塘的士兵，王大人今早就會抵達。士兵們笑著說：「操練了一個多月就為了這件事，忘得了嗎？」

離開燦光寮塘後，洪啟雲跑上山頭，取出望遠鏡，向海邊的方向望去，有許多罟船正由海面向岸邊行駛，但方向並不是朝著大三貂港口，而是偏南好幾里路，似乎要在靠近潘老爹農舍那裡靠岸。

洪啟雲心中升起一種不祥的感覺，昨夜最後一陣火花及巨響，真的是雷擊嗎？火花由靠海的那一方傳來，會不會是潘老爹住的地方？這四十幾天來，這段路他來回跑了好幾趟，每次到了三貂社附近，就找潘老爹聊天。潘老爹獨自一人在海邊耕種，也喜歡有個小伙子來和他說說話，兩人成了忘年之交。

於是他抄近路，穿過樹林，往潘老爹的住家跑去。當他抵達時，發現潘老爹的茅草屋，門是打開的。

洪啟雲由門口跑進屋裡，嘴裡喊著：「老爹！老爹！」

屋內的景象讓洪啟雲嚇呆了，潘老爹睡覺的床成了碎片，潘老爹躺在地板上，全身都是血，流在地板上的血已經凝固。

洪啟雲抬頭望著屋頂，並沒有看到破洞。「如果是雷劈下來，為什麼屋頂沒破，反而屋裡的東西被劈碎了？」

他又繞行四周牆壁一圈，發現茅草牆壁上插了許多碎鐵片。他在地上看到一些白色粉末。便由火爐邊找來打火石，點燃油燈，然後用箭尖沾一些白色粉末，放入油燈裡燒，油燈的火焰立刻變成紫色，同時空氣中彌漫著一股刺鼻的臭味，和清國官員放火燒草山時的臭味一樣。

洪啟雲猛然站起來，驚訝得闔不攏嘴。

這時，樹林小徑傳來一陣腳步聲，洪啟雲急忙退到屋後大石頭後面躲藏。只見一條長長的人龍正由山坡下方蜿蜒而上。為首一人，是個瘦削的矮子，手裡舉著一面軍旗，上面寫著「海南王」。

海南王朱濆早在幾年前就死了，這些人想必是他的餘黨，打著他的旗號，繼續當海盜。

矮子指著潘老爹的茅屋，回頭對第二個人說：「大王！我昨晚探路時，發現這條路唯一的住家就是這戶農舍，我就用震天雷（裝了火藥的鐵罐），把他炸了，免得他去通報官兵。」

海盜頭目是個體格魁梧的壯漢，他點點頭。「嗯，這裡離大三貂港口汛那麼近，驚動了他們就不好。」

「放心，我昨晚利用雷聲掩護，沒有人會猜到其中一聲是震天雷的聲音。」

「嗯，軍師，你的頭腦不錯。我們就埋伏在燦光寮塘和大三貂港口汛之間的山路中途，離兩處軍營都遠，讓清國的士兵呼救不及。一旦挾持王紹蘭，就不怕附近的官兵敢對我們怎麼樣，等把他捉上我們的船之後，要殺要剮就任由我們處置了，到時候全臺灣可能會陷入動亂，甚至連福建也群龍無首，派不出援軍，我們的機會就來了。要是能占領臺灣，那就可以稱皇稱帝了，到時候我一定賞你高官厚祿。」

矮子笑著說：「謝謝大王。」

山路陜窄，僅容一人通過，海盜隊伍拉得很長，洪啟雲數出他們的人數，共有七十八人。洪啟雲也看清他們的武器，真是琳瑯滿目，有鳥銃、震天雷、大刀、小刀，甚至有人拿竹竿，明明就是烏合之眾，還互稱大王、軍師。

等他們走遠之後，洪啟雲才從岩石後面走出來。僅靠護衛王大人的四名弓箭手、五名水師官兵及八名轎夫，絕對不足以應付這麼多海盜，他開始盤算所有他能動員的兵力：大三貂港口汛、燦光寮塘和三爪子汛。

海盜怕官兵發現，只敢走樹林間崎嶇小徑。而洪啟雲的優勢是腳程快，但是時間很緊迫，他不敢多想，立刻拔腿以最快速度，往大三貂港口汛狂奔。

第十九章　天雷地火

下午第一堂的地球科學課，呂老師正在講解地質。大家還沒有完全從午睡中清醒，昏昏沉沉的，沒有注意到窗外已經下起驟雨。

突然一陣閃光，接著轟隆巨響，把大家都嚇醒了。

蘇南昱撫著胸口說：「嚇死我了！」

「是該害怕。」東緯說：「閃光出現後約一秒，就聽到雷聲，可見雷擊的地方離學校大約只有三百公尺。」

「嗯，你們國中理化學得不錯。」呂老師說：「不過雷聲由河那邊傳過來，又離學校三百公尺，那應該是打在河中央，也可能是發生在河的上空，沒什麼好害怕的。閃電是在雷雨時發生的靜電放電現象。閃電分為三種，第一種是同一朵雲內分別帶不同種類電荷的區塊之間的放電，稱為雲內閃電；第二種是不同雲朵之間的放電，稱為雲雲閃電；第三種是雲朵與地面間的放電，稱為雲地閃電。只有雲地閃電才會打到人。根據統計，雲地閃電只占了10～30％。不過如果以全世界的統計值來看，地球平均每秒被雷擊中超過一百次。」

東緯很興奮，因為國中理化只教他們由閃光與雷聲之間的時間差距計算雷擊點的遠近，他並不知道其實打在地面的雷並不多。

蘇南昱說：「我阿嬤說，雷公只打不孝順的人，只要我孝順，就不用擔心被雷公打。」

東緯不耐煩的揮手制止她。「老師不要理她啦，太迷信了！」

不過呂老師正色對南昱說：「就是因為古老的說法中有很多錯誤，所以妳才必須來學校學習正確的知識啊！古人認為被雷公打到的人是罪有應得，這種說法既不正確，也缺乏同情心，等於在不幸的受難者及其家屬的傷口上灑鹽。許多落後地區都有這類的說法，有些地區被雷擊中的人，他的家屬甚至必須在事後遷離村莊，因為村裡的人認為他們必定做了某種不道德的事，才會遭到雷擊。」

「真的很可憐，家中發生不幸，還被排擠。」南昱從來沒有以這個角度想過這件事。「如果不是因為不孝，那是因為什麼呢？」

「哪一種物體最容易被雷打中，通常取決於三項因素：高度、孤立和尖銳。也就是說，如果你是附近地區最高、最尖的，那你就最容易被打中。」呂老師乘機建立正確的觀念。

這些國中理化老師有提過，最高的物體因為接近雲層，最容易成為雲層與地面之間放電的途徑；孤立就表示附近沒有其他物體，你是附近最高的；而靜電最容易集中在尖端，也常從尖端處放電。

「可是有時候雷卻擊中一些並不是最高的物體，為什麼呢？這要從閃電形成的過程講起，雲層裡的靜電，最初只產生很短的閃電（30～50公尺），這道閃電會先縮回去，然後又依原路線放電，因為畢竟這條路線上已經充滿被分解的破碎空氣分子——也就是離子——成為電流的通道。這道捲土重來的閃電在原路線的末端又分出許多30～50公尺的第二代分支。閃電就是如此重複縮回又再生，直到它愈擴張愈大，或突然改變路線朝地面電擊。」

東緯很開心的表示：「喔！原來閃電是逐次分支，我終於知道為什麼閃電看起來是樹枝狀的了。但是為什麼有時候會突然改變方向擊向地面呢？」

「在雷雨雲強烈電場下方的任何物體，都會受感應而產生相反的電荷，這些物體可能是一座高塔、一棵樹或一株草。通常雲層的底部帶有負電荷，於是高塔的尖端就會出現正電荷，你們猜，接下來會怎樣？」

南昱答道：「正負電荷累積到一定電量，就放電了。」

「嗯，當然最高的物體是正負電放閃的最佳途徑。不過由於每次閃電都是由末端再分出30∼50公尺的分支，如果最高的物體離閃電末端的距離超過30∼50公尺，那麼閃電並不會打到它。」

東緯問：「被雷打到的傷勢是什麼樣子。」

「除了電所造成的傷害外，靠近雷擊點附近的人，大多會出現被鈍器攻擊的傷痕。灼傷大多只出現在皮膚表面，很少出現內部或深層的灼傷。有些被雷擊中的人，皮膚的表面會出現樹枝狀、既古怪又美麗的圖案，乍看之下，還以為閃電的圖案跑到她身上，其實那是破裂的血管。」

這時候一聲更大的巨響又緊跟著閃電而來。

東緯不禁問道：「閃電的威力到底有多大啊？」

老師說：「據估計，閃電的電流在一萬至二十萬安培，電壓在兩千萬至十億伏特。」

東緯在國中時就學過功率等於電流乘上電壓，所以他很快算出閃電的功率為兩千億到兩百兆瓦特之間。「哇！好驚人的功率。」

老師點點頭說：「嗯，短時間內放出大量的能量，如果轉換成光，就是閃電，如果轉換成熱，附近空氣就會膨脹，產生雷聲。」

南昱又問：「雲沒事幹麼要產生電啊？」

「摩擦生電啊！通常當雲層中央有一道迅速上升的氣流時，如果溫度又介於-15∫-25℃時，就會產生過冷的水滴、冰晶和霰。霰就是比較軟的雹。上升氣流帶著水滴和冰晶往上升，但是霰的體積比較大，密度也比較大，不會跟著往上升，有時反而往下墜落。上升的冰晶撞到下墜的霰時，摩擦生電，冰晶帶正電，而霰會帶負電。所以雷雨區的雲上層通常帶正電，下層通常帶負電。」

東緯高興的擊掌道：「我以前看書上插圖，總把雲的下端畫成負電，我以為他們只是隨便畫畫，沒想到是有根據的。」

東緯突然想到某個問題：「老師，房子被雷劈到的話，會有什麼現象？我想問的是，屋頂會破掉嗎？」

老師抬起起頭，仰望著天花板，似乎在追憶很久以前的事。「每個人一生中看到閃電的次數很多，但是能看到雷擊現場的機會卻很少。我這一生倒看過兩次。一次在我國三那一年，一次發生在我高一那一年。」

「那麼密集？」東緯驚訝的想，一生只看過兩次，卻集中在連續兩年，是巧合嗎？

「因為當時我們家位於稻田中央的一個社區，也就是說，四周都是稻田。我們社區是由十二排兩層樓水泥公寓構成的。」

東緯立刻知道原因了。「你們是附近最高的建築。」

「沒錯！國三那一年的雷擊打到的是田中的牛，幸好農夫當時回家吃午餐，所以沒有人受傷。」

東緯說：「因為當時牛是田中央最高的目標。」

南昱卻說：「哇！那你們不是有烤牛肉可以吃了嗎？」

「農夫絕對不會吃牛肉的，懂嗎？」老師瞪了她一眼，繼續說：「高一那一年的某個夏日午後，我正在自己家裡看書，突然轟隆巨響，把我嚇了一跳，正不知道是怎麼回事，就聽到尖叫聲，不久之後又聽到許多人議論紛紛。因為當時雷雨仍未停止，我不敢外出察看。雨停後，我跑出去問，原來是隔壁棟的第一戶被雷擊中屋頂。他們家的屋頂破了很大一個洞，從屋裡可以直接看到天空。屋裡的人幸好沒有受傷，只是午睡的人被震動得摔下床來。」

「好好笑喔！」南昱笑得很大聲。

東緯有時候覺得南昱的反應很奇怪。「連水泥屋頂都受損了，為什麼屋內的人反而沒事？」

「屋頂破洞了，落下來的磚塊有可能會傷人，他們沒被砸到，只是幸運，閃雷擊中的點不是在床的正上方。此外，因為電會找最容易走的路徑走，所以打到屋頂之後，應該就會沿室內的金屬走，例如鋼筋、電線或水管等。除非你人正在電流經過的路徑上，否則不一定會受傷。如果屋子的建材是易燃物質，如木材等，就有可能引起火災。」

雨勢漸歇，不再有雷聲，不過下課鐘聲也響了。

第二十章 「阻」殺

午時一到，王大人的轎子就出了燦光寮塘的營門。這表示他已經校閱完部隊，正要出發前往大三貂港口汛。

轎子裡傳出王大人的尖銳嗓音。「怎麼不見洪啟雲呢？」

「稟大人，洪啟雲先行察看沿路情況，他今早出發前說，一路都沒問題的話，他會在大三貂港口汛等候我們。」余把總恭敬的屈身面向轎子報告。

「嗯！那就出發吧！」

四名轎夫抬著轎子繼續向前走，另四名轎夫則分別走在轎子左右兩側，擔任護衛工作，每一名轎夫腰間都佩著刀。包含余把總在內，水師官兵共五人，前後包夾，保護著轎子。隊伍最前面有兩名弓箭手擔任前導，最後面也有兩名弓箭手擔任殿後的工作。一行人浩浩蕩蕩才走了幾步，四名弓箭手突然蹲在地上不走了。

余把總以為有什麼事，手按住腰間的刀，大聲問道：「怎麼回事？」走在最前面的弓箭手木同回答說：「芒丹丟仔的叫聲不吉利，請大人改日再前往大三貂港口汛。」

余把總側著頭，傾聽了一陣子。「芒丹丟仔？兩旁樹林裡同時有幾十隻鳥在叫，你們聽得出其中有芒丹丟仔？」

四名弓箭手點點頭，堅持不走。

余把總氣得大罵：「你們到底有什麼毛病啊？保護王大人的任務視同軍事行動，你們這樣要問斬的。」

這時轎子裡傳來王大人的浙江口音。「讓他們返回燦光寮塘休息吧！我們必須按既定行程在日落前趕到大三貂港口汛，要他們在明天上午趕到那裡會合。懲處事宜，等最後一天再一併處理。」

余把總請示。「那要不要令燦光寮塘補上四名士兵，協助防護的工作？」

「不必了，各人嚴守自己的崗位即可。」

余把總無奈，只好下令轎夫再度抬起轎子起程。現在保護王大人的人更少了，只剩五名水師官兵及八名轎夫。

轎子在山路上走得慢，走了一個時辰才走到約一半的路程。余把總見四名轎夫氣喘吁吁，前方恰好有一小塊平地，便下令到那裡休息片刻，並且讓轎夫換班。就在這時候，右前方山坡下方跑出三十幾名持械的大漢，其中一人持著「海南王」的旗幟。

余把總立即拔刀警戒。「你們是什麼人？」

為首一人國字臉，濃眉大眼，身材魁梧，手持大刀，聲如洪鐘的說：「我是海南王。」

余把總詫異的問道：「海南王朱瀆早就死了，你是鬼魂嗎？」

站在海南王右後方的是個又瘦又黑，但眼神明亮的小個子，他手持鳥銃，腰纏火藥袋，挺身而出，大聲斥責道：「這位是新的海南王黃經，不得無禮。」

「那麼，你是哪一位？」余把總問。

小個子挺直身子說：「我是他的軍師陳苔。你們快快把王紹蘭交出來，我們大王可以賜你們免死，否則格殺勿論。」

他身後的海盜，有的舉起鳥銃瞄準官兵，有的舉高手上的刀、棍。四名水師士兵也舉槍瞄準，轎夫紛紛拔刀備戰，一時之間，雙方劍拔弩張，戰鬥一觸即發。

余把總回頭看，發現轎子後方同時也有三十幾名武裝的海盜擋住退路，正和轎子後方的兩名水師士兵對峙。雖然對方明顯是一群烏合之眾，但是在敵眾我寡的情況下，余把總無計可施，只能嘆口氣，向轎子中的王大人請示。「大人，如今被海盜前後包夾，孤立無援，屬下該如何處置？」

轎中傳來王大人不疾不徐的回答：「是我輕忽，未加派防護人員。事已至此，我自己承擔，必不連累你們。」

黃經點頭讚許。「別人稱許你為王青天，果然有擔當，好，只要你束手就擒，必不為難你的屬下。」

王大人在轎中下令：「轎夫，把我的轎子抬到前面去。」

余把總和兩名水師士兵讓開，四名轎夫把轎子抬到黃經面前放下後，也退到兩旁。

黃經回頭對陳苔看了一眼，兩人相視而笑。「沒想到要生擒清國的福建巡撫，竟然這麼簡單。」

轎簾掀起，走出一名少年，腹部及腰部圍著五彩藤蔓，頭上插著雉毛，手肘上掛著薩豉宜，左手持弓，右手持箭，原來是洪啟雲。

黃經大感意外，有點結結巴巴。「怎麼……不是……福建……巡撫……王紹蘭？」

洪啟雲仍舊以尖銳的浙江口音回答道：「王大人現在應該已經過了三貂嶺隘了，將由隘丁保護前往烏石港。」

陳苔怒罵道：「可惡！竟敢耍我！」同時舉起鳥統，瞄準洪啟雲。

但是，洪啟雲嘴裡吼著：「這一箭是為潘老爹報仇的。」以迅雷不及掩耳的速度射出一箭，咻的一聲，正中陳苔眉心，陳苔慘叫一聲，往後倒下。

同一時間，余把總也抽刀把黃經砍倒。海盜中有鳥銃的還來不及扣扳機，就紛紛被槍擊中。原來，大三貂港口汛的士兵已經趕到，由下坡處開槍擊倒轎子前的海盜；三爪子汛和燦光寮塘的士兵也已趕到，由上坡處開槍擊倒轎子後的海盜。那些拿刀拿棍的海盜心裡一慌，想四散逃跑，但是下坡路和上坡路均已被官兵堵死。眾海盜見無路可逃，紛紛棄械投降。一場天大危機，瞬間煙消雲散。

原來今天早上，在洪啟雲發現海盜的陰謀後，立即擬定這樣的計畫：他跑到大三貂港口汛，向易把總報告，請他親率一半兵力至海邊破壞海盜的罟船，使他們沒有退路，另一半兵力則上山支援。接著他又繞路由遠望坑跑至三貂嶺鋪，請鋪兵到三貂嶺隘通知所有隘丁，立即攜帶武器至三貂嶺鋪待命。同時另一名鋪兵趕至三爪子汛，通知林外委率領士兵趕來支援。然後他又悄悄跑回燦光寮塘，在王大人出發前，向他報告情勢，請王大人不要上轎，並裝扮成平民模樣，在營區內暫時等候。由於情勢危急，以山區內總兵力也不敵海盜之人數優勢，所以王大人只好接受洪啟雲的建議。

為免營區外有海盜的探子窺視，洪啟雲坐上王大人的轎子，如往常一樣出發，然後由毛少翁社弓箭手演出鳥叫不吉祥、不願出任務的戲碼，等轎子走遠了，四名弓箭手隨即返回燦光寮塘，帶領王大人走另一條岔路至三貂嶺鋪，與隘丁會合後，共同保護王大人，經遠望坑走至海邊，然後沿海岸走至烏石港，把保護王大人的工作，移交給噶瑪蘭營。

現在，余把總和林外委指揮所有士兵把海盜全部綑綁起來之後，就押著他們繼續下坡，往海邊走，洪啟雲又跑到最前面擔任斥堠，轎夫輕鬆的抬著空轎跟在他後面，一路無事，走至大三貂港口汛。易把總已經把留在罟船上的海盜一併押送回汛裡。因天色已黑，洪啟雲等人便在營區過夜。

第二天一早，洪啟雲趕忙跑回潘老爹的家，將他的遺體安葬在茅屋後方。

等他回到大三貂港口汛時，噶瑪蘭營的傳令兵趕來通知：王大人命令，今天日落前必須將一干叛逆押至烏石港候審。易把總、余把總、林外委及洪啟雲須一併到堂。

聽到這消息，代表王大人已經平安抵達烏石港，洪啟雲心中放下一塊大石。現在就等上過公堂之後，任務就可以結束。

三名軍官立刻帶領士兵，押著一干人犯上路。沿海岸走到烏石港，這是一段不短的路程，不過洪啟雲心情很好，海盜已除，路上不再有威脅。

師爺和護送他的四名衙役也已經由竹塹的淡水廳派船送至烏石港了，現在王大人正在堂上審問犯人。洪啟雲無官一身輕，也不喜歡公堂中肅殺的氣氛，所以他就站在公堂之外等候。

不久之後，衙役出來說：「王大人請你進去。」

洪啟雲進了公堂行過禮。

王大人說：「小兄弟，這次本官能逃過劫難，多虧了你。不但機警的察覺海上船隻方向不正常，也正確判斷出潘老爹的死因不是出於雷擊。更難能可貴的是，你在短時間能擬出應變計畫，迅速調動附近所有能使用的兵力，採用明修棧道、暗渡陳倉的計謀，讓本官能夠安全脫困。不但展示了敏銳的觀察力，也充分顯現你有領導能力，不如隨本官回福建，我找個老師教你讀書，將來必能為朝廷做出一番事業。」

洪啟雲一聽，嚇壞了，連忙拒絕。「稟大人，我只是一介草民，生性喜歡在山野中奔跑，絕對沒有想要做官。尤其是昨天，我假扮大人坐在轎中，讓轎夫抬著下山，那一番折騰，痛苦到讓我差一點演不下去，想直接跳下轎子逃命去。現在任務完成，我只想快快回到草山，過自由自在的生活，萬萬不想做官，請大人饒了我吧！」

王大人聽了，哈哈大笑。「果然鐘鼎山林，各有天性，不可強也。我自己當官都當得提心吊膽，恨不得早日歸隱山林，怎麼會強迫你做官呢？」

洪啟雲又說：「其實這次能剿滅海盜，還是大人您自己的功勞呢！」

「哦？我只顧依你的安排，倉皇逃命，從中午走到深夜，才抵達烏石港，我自顧不暇，哪有做什麼事呢？」王大人頗為訝異。

洪啟雲說：「因為王大人這次來到臺灣，認真校閱每個營區官兵的戰技，所以他們已經嚴格操練了一個多月，目前人人體能良好、戰技精熟，所以一旦有狀況，才能依時間趕到救援。尤其是在最後爆發戰鬥那一瞬間，前後包夾趕來救援的大三貂港口汛與三爪子汛的官兵，靠著密集訓練培養出來的精準射擊術，才能直接射中持鳥銃的海盜，也瓦解其他海盜的士氣，避免了官兵的傷亡。」

洪啟雲不敢說出口的是，如果依清國士兵平日的懶散，很難想像他們在人數劣勢的情況下，是不是還能擊敗海盜。

「嗯！我只是基於本分，監督軍事訓練罷了。這次首功還是出於你的機警與沉著，請不要客氣。」說罷命師爺取銀兩賞賜洪啟雲多日辛勞，就退堂了。

洪啟雲走出公堂，見易把總、余把總和林外委等軍官正和黃千總討論各人在本次任務中所得獎賞。易把總、余把總和林外委等人因參與這次剿滅海盜的行動，而得到拔擢，然而黃千總並不在嘉獎名單上。

黃千總嘆了口氣說：「因為海盜之中，有許多是住在噶瑪蘭的漢人，而且王大人發現海盜所用的鳥銃及火藥都不是民間應有之物，所以懷疑綠營官兵與海盜勾結。王大人說等調查清楚了，還要追究我的責任呢！我在噶瑪蘭地區，內有泉漳械鬥、漢番鬥爭，外有海盜侵擾，忙得心力交瘁，有時想想，不如早日辭官算了。」

易把總問：「千總大人如果辭官，是想回閩縣或廣東蕉嶺呢？」

原來黃千總的祖籍在廣東蕉嶺，後來遷居到福建閩縣，因入水師當兵，被派到臺灣，本來在艋舺營擔任把總，去年才派到噶瑪蘭擔任千總，等於是此一地區最高階的武官。海盜出自噶瑪蘭，難怪王大人要追究他的責任。

黃千總說：「不回去了，我喜歡臺灣。如果將來不當官，就到大平（今雙溪區泰平里）採樟。我曾經巡邏經過那裡，發現樟樹很多，地勢又平，適合農耕，有很多部下也說，願意隨我入山開墾呢！」

洪啟雲心想，如果黃千總真的入山採樟，他還可以介紹薛爾克向他購買樟腦呢！

不過，他現在最期待的，就是等明天天亮後，他要一直跑，一直跑，直到跑回草山的山腳下，和爸爸一起去捕魚打獵。

第二十一章 鷹揚

東緯聽阿公說完整個故事之後，興奮不已的問：「這是真的嗎？這真的是我們家族的故事嗎？」

阿公笑著說：「信不信由你！不過，洪啟雲當年走標贏得的布掛旗，一代傳一代，我還保存著其中一面呢？」

說罷，阿公起身從櫃子裡取出一個密封的塑膠袋，從裡面小心翼翼拿出一面很舊的布旗，遞給東緯。

這面旗子看起來和現代的錦旗很類似，呈長條形，主要由紅、黃兩色交織成細緻的紋路，旗子下方是有黃色的流蘇，旗子背面上方有一條橫向的繩子，應該懸掛時用的。

「原來我們家族真的出過飛毛腿。」東緯看完後，非常謹慎的把布掛旗收回袋子中，交還給阿公。「真希望能回到他那個時代，到處是魚獸，還可以和鹿賽跑，真是太羨慕了。」

阿公正色道：「他那個時代絕對不是個好時代，盜賊橫行，官員腐敗無能，法令幾乎無人遵守。平埔族為了生存，還必須在漢人與生番之間的夾縫中掙扎。」

東緯點點頭：「有道理，當時要想生存，真是不容易！」

「其實歷史上從來就沒有所謂的黃金時代，人類一直都在掙扎著求生存。許多本來很豐沛的資源，在幾年之內就消失殆盡。其中有些資源是遭到人為破壞，例如臺灣本來遍地鹿群，但是濫捕濫殺，加上人們侵入鹿的棲息地，現在臺灣人要看鹿，只能到動物園才看得到。不過，有些資源不是人類破壞的，也沒有被耗盡，而是因為環境改變，人們不再需要那種資源了，便棄之不用。在洪啟雲那個時代正要興起的產業，如樟腦、藍靛、煤礦，而今安在？整個世界就是不停在變化，令人目不暇給，唯有留心最新的變化方向，才能繼續生存。」

東緯感慨的說：「他那個時代的人還有一件事情，讓我覺得很蠢，就是好鬥。漢人和番人鬥；漢人和滿人鬥；同樣是漢人，漳州人和泉州人之間也要鬥。同樣是漳州人，只為了演奏的樂器不同，西皮也要和福祿械鬥。不問任何理由，只要與我不同，就要拚命的鬥。」

阿公苦笑道：「不只他那個時代，在我們這個時代，這種人還是很多啊！」

東緯嘆口氣：「雖然他那個時代有萬般不好，可是我好羨慕他能在山林中自由奔跑。」

阿公鼓勵他要珍惜現在仍然擁有的美好環境。「我們現在還是保留了一些山川林野，只要能好好愛護，就能把這些美好的環境留給後代子孫。既然你這麼熱愛山林，明天陪阿公去爬山，好嗎？」

「好啊！我們去草山，我想再看一次大冠鷲遨翔天際的模樣！」

——完

國家圖書館出版品預行編目資料

草山之鷹／陳偉民作；手路繪．-- 初版．--
臺北市：幼獅, 2018.10
面；　公分. --（故事館；56）

ISBN 978-986-449-126-1(平裝)

859.6　　　　　107014263

・故事館056・

草山之鷹

作　　者＝陳偉民
繪　　圖＝手路 Chiu Road
出 版 者＝幼獅文化事業股份有限公司
發 行 人＝李鍾桂
總 經 理＝王華金
總 編 輯＝林碧琪
編　　輯＝黃淨閔
美術編輯＝游巧鈴
總 公 司＝10045臺北市重慶南路1段66-1號3樓
電　　話＝(02)2311-2832
傳　　真＝(02)2311-5368
郵政劃撥＝00033368

印　刷＝祥新印刷股份有限公司
定　價＝280元
港　幣＝93元
初　版＝2018.10
二　刷＝2020.01
書　號＝984228

幼獅樂讀網
http://www.youth.com.tw
e-mail：customer@youth.com.tw
幼獅購物網
http://shopping.youth.com.tw

行政院新聞局核准登記證局版臺業字第0143號